戦うパン屋と機械じかけの看板娘《オートマタンウエイトレス》2

SOW

口絵・本文イラスト　ザザ

戦うパン屋と
機械じかけの
看板娘《オートマタンウェイトレス》2
『仕事ですわ！
仕事の依頼が入りましたわ！
それも、とんでもない大口！』

ソフィア・フォン・ルンデシュタット
『黒き魔槍』と呼ばれた先大戦の英雄の一人。
元ルートの上官にしてワイルティアの有力貴族の御令嬢。
ルートに心残りがあるようだが……。
ミリィ
ペルフェ人の戦災孤児でルートに憎しみを持っていたが、
徐々に心を開きつつある。
この素敵なドレス姿の理由は……？

CHARACTERS
ルート・ランガート
元ワイルティア公国の軍人で、
現パン屋『トッカーブロート』店主。
今回は飛空船でのパーティで
パンを焼くという依頼を受けるものの……。
スヴェン
『トッカーブロート』の
赤い瞳で銀髪のパワフルで美しい看板娘。
果たしてその正体は……？
今回は理由あって変装姿での登場。

「くっ……おのれが……」
悔しげに歯ぎしりするが、
それすらも相手の享楽を
増す方にしかならない。

目次

地獄《じごく》とは、どんなものだろうか。

誰《だれ》もが一度は考えるその光景は、きっと、このようなものに違《ちが》いない。

燃え盛る炎《ほのお》と、鳴《な》り響《ひび》く怨嗟《えんさ》の声。

痛みに泣《な》き叫《さけ》ぶ者、助けを求める者、己《おのれ》の運命を恨《うら》む者。

様々いる中で、必死に、大切な者の名を叫ぶ者。

数瞬前までの何気ない平和な町並みは、炎と、閃光《せんこう》と、爆煙《ばくえん》で、阿鼻叫喚《あびきょうかん》の世界に変わる。

手の届かない高みから、無慈悲《むじひ》に振《ふ》り下《お》ろされる殺意の塊《かたまり》が、飽《あ》くことなく爆音《ばくおん》を轟《とどろ》かせ、そのたびに、何人もの人生が、なんら顧《かえり》みられること無く、無差別に消えていく。

「マリアー！　シンシア‼」

その男の叫びも、そんな中の一つ。

ありふれた幾《いく》つかのものの一つ。

その日その夜に、数えきれないほど生み出された絶望の一つ――

序章

焼《や》きたてのパンの香《かお》りは、幸せの匂《にお》い――

そんな風に言ったのは、どこの誰だったか。

この日、小さな鉱山町オーガンベルツの片隅《かたすみ》にある小さなパン屋、トッカーブロートには、この日もその「幸せの匂い」が満ち満ちていた。

「さぁ、食べてみてくれ」

この店の若き主は、焼き上がった新作のパンを、訪《おとず》れていた二人の小さな客に振る舞う。

「これ……なんだか、ずいぶんときれいだねぇ」

小さな客の一人、ジェコブは、まるで宝石箱のように彩《いろど》られたパンの断面を見て、感嘆《かんたん》の息を漏《も》らす。

「セーグル・ノア・レザンっていってな。ライ麦パンにくるみや干しぶどうを入れて焼き上げたものなんだけど……それにさらに木苺《きいちご》やさくらんぼ、オレンジのドライフルーツも入れてみたんだ」

まるでライ麦パンのキャンバスの上に描《えが》かれたような、赤や紫《むらさき》、オレンジの彩色《さいしょく》は、目にも美しく、フルーティーな香りも相まって、食欲をそそるものだった。

「あむあむ……うむ！　こ、これ……美味《おい》しい……」

ひとくち食べた瞬間《しゅんかん》、ジェコブは驚《おどろ》きに目を見開いた。

「甘《あま》さが全然クドくない。フルーツの香りがツンって鼻に抜《ぬ》けたかと思うと、上品な甘みがいっぱいに広まって……なのに、後味が全然しつこくない、さわやかささえある！」

それはまるで絶世の美女が舞う、華麗《かれい》なるダンスのごとく。

食べ終わった後、ため息が出るほどの素晴《すば》らしさだった。

「そうか」

絶賛するジェコブに対して、意外や若き店主の顔に変化はなかった。

それどころか、ムスッとした顔をさらに険しく固めるのみ。

「そう言ってもらえると、俺《おれ》も嬉《うれ》しいよ」

と思ったら、これはこの男の、最大限の喜びに満ちた顔なのである。

トッカーブロートの若き店主ルート・ランガート。

性格は超《ちょう》のつく温厚《おんこう》にして、バカがつくほど真面目《まじめ》で誠実な男。

彼《かれ》の人生の最大の喜びは、自分の作ったパンを食べてくれた人の笑顔《えがお》を見ること。

筋金入りの善人と言っていい男である。

しかし、彼には最大の欠点があった。

とにもかくにも、顔が怖《こわ》い。

鋭《するど》い眼光に、真一文字に結ばれた口元。

左頬に刻まれた十字傷。

さらに言えば、民族的に頑強《がんきょう》な体躯《たいく》を誇《ほこ》るワイルティア人の中でもひときわ立派な体格。

丸太のように太い足に、作業着越《ご》しでも分かる分厚い胸板《むないた》。

ぶっとい腕《うで》と大きな手は、鉄の火かき棒くらいならへし折れそうである。

そしてそんな彼が最も苦手とするのは——

「え～っと、喜んでるんだね、うんうん」

もういつものこととばかりに、呆《あき》れるのも面倒《めんどう》くさいとばかりに、ジェコブは頷《うなず》く。

一見鉄のように硬《かた》い表情に変わりはないが、わずかに鼻息が荒《あら》くなっているのは、彼が会心の出来のパンを褒《ほ》めてもらえて上機嫌《じょうきげん》の時のシグナルである。

そう、ルートはとにかく笑うのが苦手なのだ。

生まれた時からこんな無愛想な顔だったわけではない。

彼とて生まれた直後は泣きもすれば笑いもした。

しかし、過去にいろいろあったせいで、二十歳《はたち》を過ぎた頃《ころ》には、意識して笑顔を作るのが大の不得手となってしまったのだ。

おかげで、つい数カ月前までは、このトッカーブロートは廃業《はいぎょう》の危機にあったくらいである。

こんな強面《こわもて》の大男が待ち構えていては、扉《とびら》を開けた途端《とたん》、心臓の弱いお年寄りなら引きつけを起こしかねない。

「ミリィ？　君はどう思う?」

ルートは、もう一人の客——丘《おか》の上の孤児院《こじいん》の少女、ミリィに尋《たず》ねる。

「もぐもぐもぐ……もぐもぐもぐ……！」

二つくくりのおさげが印象的な少女は、夢中になってセーグルを頬張《ほおば》っている。

「大絶賛どころの騒《さわ》ぎじゃないね、こりゃ」

いくつか年下のはずのジェコブが、まるで幼子を見るような目をして肩《かた》をすくめる。

「はっ⁉」

そして、いまさらながら二人の視線に気づくミリィ。

見た目はやや幼いが、歳《とし》はもう十四である。

少しずつではあるがレディの自覚が芽生えつつある彼女《かのじょ》にとって、あまりの美味しさに我を失いがっついてしまった姿は、かなり羞恥《しゅうち》の極《きわ》みにあった。

「なに見てんだよバカ――――!!」

顔を真赤にして怒鳴《どな》りつける。

「す、すまない……あの、味どうかな？　美味しかったかい？」

「ま、まぁ……いい線いってんじゃねーの」

慌《あわ》てて謝罪するルートに、ぶすっとした顔で返すミリィ。

つい数カ月前までは「お前の作ったパンなんて食わない！」とまで辛辣《しんらつ》な文句を投げつけていた少女からすれば、大賛辞である。

「そうかぁ～……これなら大丈夫《だいじょうぶ》かな」

この日、ルートは新作の試作を行い、幼い常連客でもあるジェコブとミリィに試食を頼《たの》んだのだ。

他に食べてくれる人がいないというわけではない。

この二人、これぐらいの年頃《としごろ》の者の意見が聴《き》きたかったのだ。

「それって、アレがあったから、その対策？」

「ああ、そうなんだ……やっぱり子どもは、甘いモノが好きだろ？」

尋ねるジェコブに、ルートは重い顔と声で返す。

もともと重い空気をまとった顔が、さらにずーんと一段重さを増す。

「なんか……あったのかよ？」

「あ、ミリィは知らなかったか……あのさ、最近、小学校の給食の仕事、受けたんだよ」

個人経営のパン屋で、個人客だけを相手にしていては収益が苦しいものがある。

とくにルートは、開店資金と、長《なが》らくの経営危機の穴《あな》埋めのため、かなりの額の借金を背《せ》負《お》っているので、より大口の顧客《こきゃく》を必要としていた。

「給食なんか始まったのか……いいな」

ポツリとつぶやくミリィ。

彼女が通学していた頃は、まだ経済的に脆弱《ぜいじゃく》なペルフェ共和国の時代であり、児童の栄養状態にまで配慮《はいりょ》できる時代ではなかった。

ワイルティアに併合《へいごう》されたことによってもたらされた、いくつかの恩恵《おんけい》といえよう。

「いやぁ～、そーでもないよ？　硬いしマズイし臭《くさ》いし、ひどかったもんだよ」

「あ～……それは多分、古《ふる》い麦で粗悪《そあく》な挽《ひ》き方《かた》をしたんだろうな。価格を抑《おさ》えて、利益を上げるには、原料を安くするのが一番手っ取り早いから」

思い出すのもいまいましいと首を振るジェコブに、ルートが答える。

「多分、戦時中に備蓄《びちく》されていた麦を二束三文で買《か》い叩《たた》いたんだろうな。ひどい話だ」

「そーそー！　そんなもんで作ったパンよこされても、きっついだけだよ」

以前、オーガンベルツの小学校が契約《けいやく》していた業者は、値段の安さだけを売りにしている、あまり優良とは言いがたい業者だったらしい。

「そういう意味じゃねーよ……」

だが、ミリィの言った「いいな」は、そういう意味とはちと違ったらしい。

「ん？　どういうことだい、ミリィ？」

「うるせー、いちいち聞くなよ！」

疑問に思いルートは尋ねるが、何故《なぜ》か怒鳴りつけられてしまった。

「んで、どうなったんだよ……」

「ああ、そんでね、そのパンに替《か》わって、ルートんとこのパンが届くようになったんだけどさ」

少しだけミリィ相手にニヤニヤと含《ふく》み笑《わら》いを見せながら、ジェコブは続ける。

「僕《ぼく》とかの歳の子たちはね、まだいいんだよ。ある程度慣れてるから。だけど、低学年の子は違ったらしくってさ～」

ルートがパンの搬入《はんにゅう》のために学校に訪れた時、ケースからわずかに漂《ただよ》ういい匂いに、子どもたちは喜んだ。

その声を前に、ルートは思わず振り返ってしまった。

大人でも夜道で遭《あ》ったら腰《こし》を抜かす彼の顔を。

「いやぁ〜……四十人近くの子どもが一斉《いっせい》に泣くとものすごいね？　僕のいる教室にまで聞こえてきたから」

「俺は……なんてことを……」

これが、普段《ふだん》のムスッとしているように見える硬い面ならばまだマシだったかもしれない。

だが、この時ルートは、少しでも笑顔を見せようと〝努力〟してしまった。

顔面の筋肉を総動員して、「笑顔に見えるような顔」を作ろうとしてしまった。

「ど、どーすりゃそんなことになるんだよ……」

やや呆れているミリィ。

「ん〜とさ、『橋の下のトロール』ってお話、読んだことある？」

「あー、昔マレーネに読んでもらった」

橋の下のトロール——とは、この地方の子どもたちなら一度は読み聞かせしてもらったことのある、絵本の定番タイトルである。

「その絵本に出てくるトロールが旅人を食い殺そうとする時の顔そっくりだったらしい」

子どもたちは「トロールが出たぁ！」と泣き叫び、ちょっとした集団ヒステリック状態となってしまった。

ある子どもなど、その場でおもらしをしてしまったくらいだ。

「そのせいでね～、学校から、ルート以外の人に運んでくれって言われちゃう始末でね」

「あ、それで〝あいつ〟がいねーのか……」

本来ならこの店にいてしかるべき〝彼女〟の姿がないことに、ミリィは納得《なっとく》する。

「そーそー、だからミリィも来やすかったんだよね」

「オマエ……なんか言いてぇことあるのかよ……」

「いやいやなんにも」

わずかに頬の紅潮を見せながら睨《にら》むミリィに、ジェコブは素知らぬ顔をする。

「ともかく、そんなこんなでさ。ルートはショック受けちゃったんだよね」

「俺はただ、嬉しかっただけなんだ……」

ルートはただ嬉しかったのだ。

つい数カ月前まで、誰も食べてくれないパンを焼き続けた日々を生きていたこの男にとって、自分のパンの匂いに惹《ひ》かれて笑顔で駆《か》けてくる幼子たちの姿は、夢の様な光景だったのだ。

「ああ……俺のせいで、子どもらを泣かせてしまったかと思うと……」

それを自分の手で粉々にしてしまったことは、彼にとって深いショックだった。

「んで、この男はそれ以来、新作の開発に余念がないんだよ」

あの時泣かせてしまった子どもたちを、再び笑顔にするために、ルートはあれやこれやと試行錯誤《しこうさくご》を繰り返し、今日この日、セーグル・ノア・レザンを焼き上げた。

「そーゆーことかよ……でも——」

「うん、言いたいことは分かる」

ようやく理解したという顔のミリィに、ジェコブは、告げるのもつらそうな顔で頷く。

ルートのパン焼きの腕は、彼ら知己《ちき》の者たちの贔屓目《ひいきめ》を抜きにしても、一流の域にある。

十代の頃にとある事情からパン屋で働いており、基礎《きそ》はできていたということもあるが、店を開いて以降、閑古鳥《かんこどり》が鳴いている間もひたすら腕を磨《みが》き続けた。

ペルフェの旧首都であるポナパラスはおろか、ワイルティア首都ベルンでも、ここまでのものを食わせる店にはなかなかお目にかかれないだろう。

「味の問題じゃないんだよなぁ〜……」

泣いた子どもたちも、ルートのパン自体は嫌《きら》っていない。

なんのかんの言って、残さずみんな食べてしまったくらいだ。

「方法があるはずなんだよ……怖くないよって伝える、いい方法が」

それでも、この大男はうんうんと腕を組みながら考えている。

（ホントに、クソ真面目だなぁ～………）

心の中で、ジェコブは苦笑いをした。

このクソ真面目具合が、少しずつだが評価され、まだ怖《おそ》れる者は少なくないが、この店の味を愛してくれる者たちは増えてきている。

とある事件を彼が解決したということになったからというのもあるが、かつては険悪だった鉱山の作業員たちとも今では上手《うま》くやれている。

そして……

「いーじゃねーかよ、別に……アタシは、そこまで、怖いと思ってねーし」

ゴニョゴニョと、どこか言葉を選んで、ミリィが漏らす。

同じく、数カ月前まで、ルートを激しく嫌悪《けんお》していた少女ですら、今ではこんな顔を見せるようになった。

「ありがとうミリィ……慰《なぐさ》めてくれて」

爽《さわ》やかな笑顔――には程遠《ほどとお》いが、それでも精いっぱい柔《やわ》らかく見える顔で感謝の言葉をルートは返した。

「だ、だから……そんなんじゃねーっての！」

今日一番の紅潮した顔で怒鳴るミリィだった。

（ま、あきらめないだろコイツは……）

超のつく温厚さと、バカのつく真面目さ、そしてとんでもない頑固者《がんこもの》。

それがルート・ランガートという男だということを、ジェコブはよく知っている。

カランコロン……

店の扉に備えられた、小さなベルが鳴る。

来客用に備えられたそれだが、まだ開店前である。

入ってきたのは、美しい銀髪《ぎんぱつ》をたなびかせ、黒地のスカートに真っ白なエプロンドレスをまとった少女。

「主さま！　ただいま戻《もど》りましたわ」

きらぁっと、満面の笑《え》みを輝《かがや》かんばかりに見せる。

性別体格だけではない、見せる笑顔の方向性すらルートと真逆のこの少女こそ、トッカーブロートの看板娘《かんばんむすめ》、スヴェンである。

ルートに代わって、配送の仕事から戻ってきたところであった。

「あら、ジェコブさん。いらっしゃいませですわ♪　と、あともう一人〜……」

百万シーグに匹敵《ひってき》するであろうスヴェンの笑顔は一瞬《いっしゅん》で曇《くも》り、警戒《けいかい》するような目でミリィを見る。

「な、なんだよ、アタシが来ちゃいけねーってのか！」

「別にですわー……ただ、ウチの主さまにちょっかいかけてねーでございましょうね」

おもしろくなさそうに答えるスヴェン、これだけは譲《ゆず》れないとばかりに釘《くぎ》を刺《さ》す。

「だから！　アタシはそんなんじゃねーっての！」

「そーゆー口利《き》く小娘《こむすめ》が一番おっかないんですのよ！」

噛《か》みつかんばかりに言い争う二人。

「なんだかねぇ～……大変だね色男」

サービスで淹《い》れてもらったミルクティーをすすりながら、ジェコブはからかうようにルートを見る。

「ん？　ああ……いや、う～ん………？」

しかし、当の本人の色男は、あまりわかっていないような顔で首をひねっている。

「ダメだこりゃ」

子どもにまで呆れられるのだから、相当なものであった。

「主さま。配送終えてきましたわ！　当然のことでございますが、今日も皆様《みなさま》に大好評で

ございました♪」

大戦果を挙げたことを報告するように、スヴェンは誇らしげに告げる。

「そっか、そりゃよかった……あ、空のケースはこっちで片づけとくよ」

そう言って、ルートは、スヴェンの持っていたパン用のケースに手を伸《の》ばす。

「あ！」

「あら……」

その瞬間、二人の指先が、軽く触《ふ》れ合《あ》う。

「あ、えっと……ゴメン！」

慌てて、飛《と》び跳《は》ねるようにルートは手を離《はな》すが、半面スヴェンは先程《さきほど》までとは少し違う笑みを浮《う》かべる。

「そんな……謝《あやま》られるようなこと、されてないじゃないですか」

慌てる主の姿さえ、全身全霊《ぜんしんぜんれい》で愛《いと》おしいと思っている笑顔。

「あの……俺、窯場に戻らなきゃ、じゃ！」

そして、スヴェンがさらなる接触《せっしょく》を試みようと接近したところで、ルートはまるで子犬に怯《おび》える子どものように、わたわたと店の奥《おく》の窯場に引っ込んでしまった。

「もう～、困ったもんですわまったくもう、主さまったら♪」

言葉に反して、嬉しそうに身を捩《よじ》るスヴェン。

「なんだいありゃ？」

「いえいえ、今日も主さまはご機嫌麗《きげんうるわ》しゅうとございます」

「はい？」

首をひねるジェコブに、スヴェンは嬉しそうな恥《は》ずかしそうな顔で答える。

スヴェンがこの店に来てから早三カ月が経《た》とうとしていた。

潰《つぶ》れかけのトッカーブロートを再建させる原動力となった少女は、とある事件を経《へ》て、自分の気持ちに気づくことになる。

店主、ルート・ランガートへの愛。

それを自覚した彼女に、もう自制は利かなかった。

ある日、彼に飛びつき、半ば押《お》し付《つ》けるように、誰にも許したことのない初めてのくちづけを捧《ささ》げてしまったのだ。

（もう主さまったら〜、あれから三カ月も経ちますでしょうに、そんな構えなくったたって……でもでも、それが主さまがわたくしを女の子として意識してくださっているという証《あかし》でもありますし……それってそれって、それってそれって〜――）

「くきゃー！」

「な、なにいきなり⁉」

感極《かんきわ》まって思わず声を上げてしまったスヴェンを前に、ジェコブは後ずさる。

「あ、いえ、失礼いたしましたですわ」

愛する人が自分のアプローチに戸惑《とまど》い、照れて、うろたえている。

その現実は、なんとも言えない、一種嗜虐的《しぎゃくてき》な快感を覚えさせていた。

（まぁ正直……わたくしもやりすぎてしまったかなぁとは思っているのでございますが）

少しだけ冷静になり、スヴェンは考える。

（それにしたってもう少し、大人の対応も取れると思うんでございますけどねぇ）

自分は、誰よりもルートの近い存在だという自負が、彼女にはある。

過信ではなく、物理的に、彼と一心同体であった間柄《あいだがら》だったがゆえのものだ。

とはいえ、その期間はルート・ランガートの二十年と少しの人生の中の二・三年程度であるし、その間でも彼が自分とともにいなかった時間のことは知る由もない。

それでも、年齢《ねんれい》のことを考えれば、その間に、彼がどんな人間関係を構築していたか――はっきり言うと、女性の一人と付き合ったことくらいはあっただろうし、何らかの関係を築いていてもおかしくない。

（主さまったら、そこまで女っ気のない人生を生きてらっしゃったのかしら）

今日日、そこらのジュニアハイスクールの生徒のほうが、いくらか世間ずれしているだろう。

（でもでも……そんなうぶな主さまがまた可愛《かわい》らしいといいますか……）

「ぬふふふふふふふふふ!!」

「な、なに、今度は⁉」

絶世の美少女と言っても差《さ》し支《つか》えのないその顔で、考え事をしていたかと思ったら突如《とつじょ》不敵な表情でほくそ笑み始め、さらにジェコブは後ずさる。

（まぁ、主さまの素晴らしい魅力《みりょく》に気付ける確かな目を持った者などそうはいないということですわね）

そう結論づけ、ふふんと、スヴェンは勝《か》ち誇った顔をした。

「アタシ、もう帰るわ」

そんなやりとりを横から見ていたミリィは、なんとなくつまらなそうな顔になり、座《すわ》っていた椅子《いす》から降りると、さっさと店を出ようとする。

その直前、奥に逃《に》げ込んだはずのルートが大慌《おおあわ》てで戻ってきた。

「あ、待ってミリィ！」

手には、持ち帰り用の紙箱に詰《つ》めた先ほどの残りのセーグル・ノア・レザンがあった。

「これ、よかったらみんなで食べてくれよ。今日はありがとう……試食に、付き合ってくれて」

そう言って、ミリィに手渡《てわた》す。

彼女が住むのは、丘の上の小さな教会の孤児院。

経済状態があまりよくないこともあり、子どもたちは甘いモノに飢《う》えている。

きっと喜んでもらえるだろうという、それだけの純粋《じゅんすい》な善意である。

「な、あ、う、お、おう…………！」

だが、手渡す際にわずかに指先が触れた程度で、生意気盛りのこの少女は、途端に顔を赤くして俯《うつむ》いてしまった。

それこそ、先ほどのルートとスヴェンのように。

「あ、あの……マレーネが……紅茶……淹れ方……べんきょーしたから……来いって……言ってた……」

「そうかぁ～……期待しているって言っといてくれよ」

しどろもどろで答えるミリィに、ルートは優《やさ》しい声で返す。

マレーネとは、教会のシスター、ミリィにとっては母親代わり姉代わりの存在である。

「あの……んじゃ……帰る!!」

　そしてやはり、先ほどのルートのように、ミリィは逃げ出すように走り去っていった。
「ほ、ほほう……？」
　その一部始終を目に入れていたスヴェン、ピキピキと、口元がひきつっている。
　ルート・ランガート――子どもには泣かれるしお年寄りには引きつけを起こされる強面
故《ゆえ》に、人生をかなり不遇《ふぐう》に彩っている彼ではあるが、その一点を越えた先にたどり着く者
が、決していないわけではない。
　それは例えば、かつては「お前の作ったパンなんて食わない」と怒鳴りつけた少女だっ
たり、正体を隠《かく》して村に潜伏《せんぷく》していたテロリストの手先だったり、そして……
「困ったもんでございますわ」
　かつて彼が搭乗《とうじょう》していた軍用人型《ひとがた》兵器のＡＩだったり。

　十年にわたって続いたエウロペア大戦――その中で英雄《えいゆう》と讃《たた》えられた男がいた。
　その男こそ、ルート・ランガート。
　人型強襲兵器〝猟兵機《りょうへいき》〟を駆り、「白銀の狼《おおかみ》」の二つ名は、敵には恐怖《きょうふ》をもって、味方
には誇りをもって語られる。

しかし、彼は終戦と同時に軍を除隊、ワイルティアに併合されし国家ペルフェの田舎町《いなかまち》、オーガンベルツでパン屋を始めた。

そんな彼を追いかけた少女がいた。

彼女がどこから来たのか、何者なのか、彼女は語らないし、ルートも聞こうとはしない。

自分がそうであったように、話さないということは、言いたくない過去があるということなのだろうと、彼は問いただすことはしなかった。

少女の名前はスヴェン。

そして、ルートには決して語れないもう一つの名は、アーヴェイ。

かつてルートが乗っていた愛機、猟兵機に搭載《とうさい》された、搭乗者支援用ＡＩである。

主を思うあまり、ついに魂《たましい》を宿したアーヴェイは、軍の極秘実験によって得た人造人間の体を得て、少女スヴェンとしてルートのもとに向かう。

彼の新たなる願いを叶《かな》えるべく、彼の力になることこそが、彼女の喜びだったからだ。

しかし、彼女は気づく。

なぜ、自分は彼の喜ぶ姿を見たいと願ったのか。

それは、人ならざる者の中に芽生えた、愛ゆえの行動だった。

これは、一人の不器用なパン屋と、一人の心を宿した機械人形の、ともすれば激動の歴史の中に埋《う》もれてしまうような、ささやかな物語である。

第一章「空中パーティーへのおさそい」

ワイルティア公国首都ベルン——彼《か》の地《ち》の北西に位置する王立兵器開発局は、通称《つうしょう》「かたつむり《シュネッケ》」と呼ばれる。

それは、施設内《しせつない》で行われている研究の重要度に応じて、渦《うず》を描くように配置された構造から付けられたものなのだが、その最深部、最も重要度の高い——公式には言えないが、公王の命よりも——の建物からわずかに外側に位置する場所に、ダイアン・フォーチュナーの執務室《しつむしつ》はある。

「あいかわらずくだらん研究をしているな、キサマは」

「いやいや、ハヌッセンさんは相変わらず毒舌《どくぜつ》ですねぇ～……ま、他人に理解されたくて生きてるわけじゃございませんので、私」

辛辣な口を利く来客に対し、毛ほども感じていないように返すダイアン。

兵器開発局の局長にして、「魔導師」と呼ばれる稀代《きたい》の天才科学者である。

本来、軍属の技術者に与《あた》えられる地位は、せいぜい少佐相当官《しょうさ》である。

それすらも破格の待遇《たいぐう》なのだが、ダイアンは軍内において、それよりさらに二階級上の大佐《たいさ》相当官で遇《ぐう》されている。

すなわち、彼の行う些《さ》細《さい》な研究でも、軍内部においては戦術級の需要度を誇ると認められている所以《ゆえん》だった。

「第一段階……いや、第二段階ですかね。自我《じが》の発露《はつろ》、並びに感情の顕現《けんげん》、そして恋愛感情の芽生え……徐々《じょじょ》にレディとして育ち始めて、僕は感動に打ち震《う》《ふる》えているんですよぉ～」

なぜなら、彼こそが世界の戦史を塗り替えた、エウロペア大戦におけるワイルティア勝利の立役者となった猟兵機の生みの親なのだから、扱《あつか》いも破格になろうというものだった。

「くだらん」

そんな彼に、来客の女——ハヌッセンはくだらなそうに一息吐《は》いて返した。

黒髪《くろかみ》黒目の、妖艶《ようえん》な美しさを持つが、どこか作り物めいた、美しいがゆえのおぞましさを漂わせた女だった。

「少しはわたしの研究の足しになるかと思ったが……人形で遊ぶ趣味《しゅみ》はわたしにはない」

「あら……言われたものです」

ハヌッセンの辛辣な言葉の数々を、下手くそな道化師《どうけし》のような調子で返す。

彼にとって、他者がどう思おうがどう感じようが知ったことではない。

自分の欲《ほっ》するものをひたすら追求する。

ただそれだけのために自分の生はあり、他人の感想など参考にもならないと思っているのだ。

「これ以上いても時間の無駄《むだ》だ、帰るとしよう」

そんなダイアンの心中を知っているからか、ハヌッセンはくだらなそうに頭を振ると、退室しようと席を立つ。

「おやおや、もうちょっとおられてもいいのでは？　ムガル直輸入のいい茶葉が手に入ったのですよ？」

ムガルとは、東方に位置する亜大陸《あたいりく》国家である。

戦前はグレーテン帝国《ていこく》の植民地であり、上質の茶葉や香辛料《こうしんりょう》を産出していたが、大戦の敗北の結果、領土の大半をワイルティアに割譲《かつじょう》され、さらには航路の使用権も奪《うば》われる。

これは、紅茶の世界市場の七割以上をワイルティアが独占《どくせん》したことを意味していた。

そのため、「三食よりもお茶の時間を愛する」とまで言われた彼の国の民は、屈辱的《くつじょくてき》なことにワイルティアから紅茶を売ってもらわなければならなくなってしまったのだ。

「それとも……東方の方々が嗜《たしな》まれる、グリーンティーの方がよろしかったですか？」

「不用だ」

くだらなそうに返すと、ハヌッセンはそのままドアノブをつかもうとして、ふと手を止める。

「ああ、そうだそうだ……キサマのくだらん話の礼というわけではないがな、ゲーニッツめがまた何か阿呆《あほう》なことを企《たくら》んでいるらしいぞ」

ゲーニッツとは、ワイルティア軍部の軍将の一人。

先の大戦においては、パリゼ占領《せんりょう》を成《な》し遂《と》げた、〝名将〟と呼ばれている男である。

表向きには――

「阿呆なこと……？　まさか、デフェアデッド号のことですか？」

「なんだ知っていたのか」

「まぁ、私は目も良いですが耳も良いので」

ケラケラと、おかしそうにダイアンは笑った。

「まったく准将殿《じゆんしようどの》もあきないお方ですな」

「准将……ではない。出世して今や中将《ちゆうじよう》だそうだ」

「知りませんよそんなの」

自分の階級にすら興味のないダイアンに、興味のない人間の階級まで把握《はあく》している義理はない。

「で、どうするのだ？」

少しだけ、興味深そうに口端を歪《ゆが》めるハヌッセン。

「どう、と言いますと？」

とぼけた声で返すダイアン。

ダイアンとゲーニッツは仲が悪い。

正しくは、ゲーニッツが一方的にダイアンを嫌っているといったほうが近い。

その天才的頭脳によって、軍部どころか政府や王室にまで影響力《えいきようりよく》を持つダイアンを、常人よりも桁《けた》が三つほど違《ちが》う功名心の塊《かたまり》たるゲーニッツは忌々《いまいま》しく思っているのだ。

とんでもない話だと、ダイアンは思った。

彼にとって、ワイルティア公国もワイルティア軍も、自分の研究のための金と設備と人員を用意させるための〝手段〟にすぎない。

その〝手段〟をより多く引き出すために地位を上げた。ただそれだけである。

「私、あの人嫌《ひときら》いなんですよ。関《かか》わり合いになりたくありません」

「そうか、そのほうがまぁ、中将殿《ちゆうじようどの》もお喜びになろうな」

皮肉げに笑うハヌッセンの表情は、まるで狢《むじな》の喰《く》らい合《あ》いを高みから楽しむ見物人のそれだった。

——そこに、扉越《とびらご》しからもわかる、軍靴《ぐんか》の音が聞こえてきた。

「む？」

ハヌッセンが気づいたとほぼ同時に、扉が勢い良く開けられる。

「公国軍少佐ソフィア・フォン・ルンテシュタットである!!」

現れたのは、開発局の警備部隊を率いる女軍人、ソフィアだった。

彼女はただの警備隊の隊長ではない。

ともすれば、王宮以上に重要な施設《しせつ》であるこの開発局は、一種の軍事要塞でもある。

その要塞の守護を任された、一軍の将なのだ。

そして同時に、奔放《ほんぽう》な振《ふ》る舞《ま》い甚《はなは》だしいダイアンを監視《かんし》するべく軍司令部が送り込んだ、「猫《ねこ》の鈴《すず》」でもある。

したがって、相手が開発局の長であるダイアンであろうが一切遠慮《いっさいえんりょ》をしない。

わずかでも退けば付け入られると、むしろ気勢を上げているほどである。

「あ……あり……ます……」

直接指揮権はないとはいえ、上官にあたるダイアンの部屋の扉を、ソフィアはつねに蹴《け》破《やぶ》るような勢いで、「入れ」という許可が下る前に開ける。

ダイアンがそのことに文句をつける性分《しょうぶん》ではなかったため、いつものように入室したのだが、その結果鉢合《はちあ》わせた女を前に、凍《こお》りつかされてしまった。

「なんだ？」

ソフィアの視線を感じ、ハヌッセンが返したのはその一言。

怒《いか》りも喜びもない、ただまるで、自らの周りを飛び回る羽虫を見るかのような、なんの感慨《かんがい》もない声。

「い、いえ……失礼いたしました！」

慌てて姿勢をただし、敬礼をする。

「ふん……」

しかしハヌッセンは、返礼はおろか、視線も向けず、億劫《おっくう》そうな顔で部屋を出て行った。

「だ〜めですよソフィアさ〜ん。僕の部屋にだってたまには来客くらいあるんですよ？」

冗談《じょうだん》めかした口調でたしなめるダイアン。

「あ、あの方は……どなたなのですか……？」

ソフィアは、先の大戦で「黒き魔槍《まそう》」と恐《おそ》れられた、屈強《くっきょう》の猟兵機乗りである。

女だてら——などという範疇《はんちゅう》で語れるものではない、豪傑《ごうけつ》の古強者《ふるつわもの》なのだ。

そんな彼女が、ハヌッセンの、ただそこにいるだけで放たれるプレッシャーに圧《お》されてしまった。

「ああ、ヨハネス・ハヌッセンさんですよ。名前ぐらいは知ってるでしょ？」

「ハヌッセ……!?　あの宮廷賢者《きゅうていけんじゃ》の！」

何の事はない様にダイアンの告げた名前に、ソフィアは驚《おどろ》きの声を上げる。

衆目に顔を晒《さら》すことを嫌い、公王を含めた僅《わず》かな高貴なる者たちのみが会うことを許される人物である。

あまりにも謎《なぞ》に包まれた存在ゆえに、非実在説まで流れているくらいだ。

「あれが……初めて見た。女だったのか」

「珍《めず》しいもの見られて良かったですねぇ～」

まるで、珍獣《ちんじゅう》と遭遇《そうぐう》したかのように言うダイアン。

「ん……待て！　確か賢者《けんじゃ》ハヌッセンは齢《よわい》百歳を越《こ》す老人ではないのか？」

「さぁ、知りませんよそんなの。女性の歳を尋《たず》ねるのもマナー違反《いはん》ですし」

彼女《かのじょ》の年齢は世間で言われているよりも一桁ほど上なのではとダイアンは見ているが、そういう話をしても却《かえ》ってややこしくなるだけなので、あえてぼかして返した。

「それより、なにか用事があったんじゃないんですか？　あ、もしかして僕に会いたくなったとか！　いやいや嬉《うれ》しいなぁ」

「全然違いますから安心してください」

けんもほろろという言葉の好例として辞書に絵入りで載《の》りそうなほど、つれない態度でソフィアは返す。

「明日《あした》から一週間ほど休暇《きゅうか》を取りこちらを離れるので、その報告に伺《うかが》っただけです」

「おや、ソフィアさんが休暇申請《しんせい》を出すなんて珍しい」

佐官《さかん》であるソフィアは、一定の条件と手続きを踏《ふ》めば、下士官や一兵卒に比べはるかにたやすく休暇を取ることができる。

これは階級差別というよりも、高い能力を持つ者――もっと言えば、「替えのきかない駒《こま》」には、適度に休暇を与えて、少しでも長く有効に使うためのシステムである。

軍隊にはヒューマニズムも悪平等主義もない。

あくまで現実主義と功利主義の組織なのだ。

「まぁ……半分仕事のようなものです。家の関係で」

「あ、そーゆー……名門ルンテシュタット家のご令嬢《れいじょう》も大変ですね」

貴族を意味する、「フォン」の名は伊達《だて》ではない。

彼女は高級軍人であると同時に、ワイルティアでも知られた名門貴族の子女なのだ。

貴族には貴族の、やらなければならない務めというものがある。

「まったくだ……面倒《めんどう》くさいにも程がある」

日頃《ひごろ》はダイアンの軽口に険しい顔で返す彼女だが、このことばかりは別とばかりに、同感を示す表情と言葉を漏《も》らす。

「着飾《きかざ》ってダンスを踊《おど》っていれば世界が回ると勘違《かんちが》いしているような阿呆共と同じ空間にいるなど、考えるだけで反吐《へど》が出る」

「うへ〜」

ダイアンも立場上、そういった「貴族の社交界」に連れ出されることはある。

とかく退屈《たいくつ》としか言いようのない空間。

酒と香水《こうすい》の匂《にお》いが撒《ま》き散《ち》らされ、作り笑顔《えがお》の下で互《たが》いの足元を見比べ合い、どこに擦《す》り寄《よ》ればどれだけ利益を引き出せるかの打算の格闘場である。

出たくないなら出なければいいだけの話と思われそうだが、社交界の中が全《すべ》ての連中にとって、「顔を出さない」というだけであれやこれやと好き勝手な噂《うわさ》を立てられる。

立てるだけならまだいいのだが、下手に権威《けんい》と権力を持つ者たちだけに、自分に不利益が被《こうむ》る可能性が大きいのだからたまらない。

「休暇の使い方としては、やるせない話ですね」

「まったくだ、これならまだいつものここの仕事のほうがまだいくらかマシだ」

「それを僕《ぼく》は光栄に思えばいいんでしょうかねぇ」

ワイルティアは古《ふる》くは「騎士《きし》の国」と讃えられし軍閥国家である。

すでに社交界ではその名残《なごり》は消えて久しいが、ソフィアは武門の家の者として、前線に立つ事こそ将兵の務めと思っているタイプである。

彼女からすれば、貴族の付き合いに顔を出すのも、ダイアンのお守りをさせられるのも、同様に「不本意な」境遇《きょうぐう》なのだ。

「しかし、それにしては一週間……ずいぶんと長《なが》いですね。どこか、他の場所で？」

首都ベルンの、貴族の大豪邸や王宮で行われる舞踏会《ぶとうかい》なら、どれだけ準備に時間がかかろうがそこまでの日数は必要ないはずだ。

「ええ、ペルフェです」

「はぁ〜なるほど、それなら確かに……………え？」

ソフィアの返答を聞き、日頃ひょうひょうとした表情を崩《くず》さないダイアンの顔が強張《こわば》る。

「あの……、いま……何と？」

「ペルフェです。新境ペルフェ地区……そこで行われるパーティーに招待されました」

「な……！」

一月と少し前、研究所の最重要機密である実験体——スヴェンが逃げ出した時でさえ落ち着き払っていた男が、ソフィアに初めて見せる顔で驚いている。

「ま、まさか……デフェアデッド号？」

「おや……？　ご存じでしたか」

ソフィアの返答に、ダイアンは無言で頭を抱《かか》え、机に突《つ》っ伏《ぷ》す。

小さな声で、「なんでまたこんなタイミングで」とこぼしている。

「なにか……？　問題でも？」

普段《ふだん》なら、この男がどんなリアクションを取ろうと、「知ったことか」と気にもしないソフィアでも、ここまでの態度を取られれば、気にせずにはいられなかった。

「ど、どうしても……行かなきゃいけないんですか？」

絞《しぼ》りだすような声で、ダイアンは尋ねる。

「まぁ、家の関係もありますし」

「え～っと……」

額にわずかに汗《あせ》を伝わせながら、ダイアンは、世紀の天才と称《しょう》されし脳みそをフル回転させて、なにやら考え込んでいる。

「あ、そーだ！　ソフィアさん！　あのね、来週どっかに遊びに行きません？」

「だから、私は、来週は休みでベルンにいないのだけど」

何を言い出すのかと怪訝《けげん》な顔でソフィアは返す。

「そんなこと言わないで～！　あ、王立劇場のオペラのチケット、二枚手に入ったんですよ！　ＶＩＰ席ですよ？」

「そうか、なら一人で二回行ったらいい。同じ演目でも繰り返し見ることで発見がある」

「あの、ソフィアさん……？　それペアチケットの消費の仕方としてはかなり最悪のものですよ？」

必死であれこれ引きとめようとするダイアンに、ソフィアは徐々に苛立《いらだ》ちを含《ふく》んだ、一応は上官にするものとは思えない態度を向ける。

「そもそも私はオペラなど興味はない」

「そんなこと言わずに～。パーティーなんて反吐が出るって言ってたじゃないですかぁ～」

「それはそれ、これはこれだ！　私用もあるし、行かなければならないのです！」

縋《すが》りつくように懇願《こんがん》するダイアンを、ソフィアははねのける。

「それでは失礼する！　後のことは、副官のダンケルに一任していますので、そちらに！」

これ以上話すことはないとばかりに、背中を向けるソフィア。

「ソフィアさん……どうしても行くのかい⁉」

「無論だ！」

返事を待たずに入ってきた時のように、底に鉄板入りの軍靴の音を響《ひび》かせながら扉の前まで歩むソフィア。

「ソフィアさん行かないで！　愛してるから！」

「私は愛してないから行く！」

「ひどい⁉」

せめてほんの一瞬くらいは動揺《どうよう》してくれるかと思った天才科学者がショックの声をあげているうちに、ソフィアはさっさと部屋を出て行ってしまった。

「あんまりだよぉ～ソフィアさぁ～ん……けっこう本気なのにさぁ……」

ぶつぶつと、再び閉じられた扉を視界に映しながらダイアンはつぶやく。

「はぁ～……しょうがないか……レベッカ、いる？」

ダイアンが言った直後、彼《かれ》の背後に、いつの間にか一人の少女が現れていた。

「肯定《こうてい》」

赤い髪《かみ》に赤い瞳《ひとみ》、まとっている口元まで隠したコートさえ赤い、ただ髪を縛《しば》るリボンのみが黒い少女は、機械的に答える。

彼女の名はレベッカ・シャルラハート――スヴェンと同じく、かつては兵器であったモノ。魂を宿した機械人形、人間型猟兵機の一体である。

「面倒なことになっちゃったよ～……何とかならないかなぁ？」

自分の研究以外のことはどうでもいいとうそぶくダイアンであるが、ソフィアはその中で、かなり珍しい「例外」だった。

「ソフィアさんと話していると良い息抜《いきぬ》きになるんだよ。その後の研究が捗《はかど》る」

彼に言わせれば、他の頭脳労働者がコーヒーやたばこを愛《め》でるのと同様、ダイアンにとって感情的で激しい気性《きしよう》のソフィアの反応を見るのは、いい「娯楽《ごらく》」なのだ。

「その前に」

創造主への答えより先に、レベッカが進言する。

〝質問に質問で答える〟のではない。

創造主の求める答えを返すより先に、質問の前提を再設定する必要のある情報があった。

「なんですって……?」

レベッカよりとある〝報告〟を聞き、ダイアンは呆《あき》れたように肩《かた》を落とす。

「はぁ～……面倒《めんどう》くさい時には面倒くさいことが重なるなぁ……どうしたもんかねぇ」

腕《うで》を組み、やや思案する。

どちらか一つだけならば、対応はさほど難しくないだろう。

だが、厄介事がもう一つ加わってしまった。

そうなると、基本的な手段から練り直す必要がある。

「ま、しょーがないか……レベッカ。ちょっと骨を折ってくれるかい？」

しばらく考えた後、ダイアンは言った。

「あんまり彼女たちには干渉《かんしょう》したくないんだけどね、実験の純粋性《じゅんすいせい》が薄《うす》れるから……可能な限り慎重《しんちょう》に、できるかい？」

「了承《りょうしょう》」

機械じみた動きで、深々と一礼すると、レベッカは再び姿を消した。

「准将閣下にケンカ売るのも面倒なんだけどなぁ……」

レベッカが去り、あらためて一人になった執務室で、ダイアンはつぶやく。

つぶやいてから、「今は中将だったか」と思ったが、どうせ独り言だ、関係ないと、ダイアンは訂正《ていせい》をしなかった。


日付は少し遡《さかのぼ》る——

トッカーブロートのカウンターで、スヴェンは悩《なや》んでいた。

「どーしたもんでございましょーかねー」

彼女の目の前には、店の会計が記された帳簿《ちょうぼ》がある。

本来なら一従業員の彼女が勝手に見ていいものではないが、数字に弱いルートに代わり、この店の経理一切《いっさい》は今や彼女の管轄《かんかつ》にあるのだ。

トッカーブロートの業績は、日々上向きである。

客数は上昇《じょうしょう》の一途《いっと》。鉱山の食堂や学校給食など大口契約《けいやく》を取り付け、安定軌道《きどう》に乗りつつある。

だが、それ故《ゆえ》の困り事もあった。

現在の店舗《てんぽ》規模で販売《はんばい》できる量では、売上にどうしても限界が有るのだ。

「店を大きくするか……もしくは二号店を出すかしなければなりませんわよね」

すでに今日も、ルートの代わりに学校に納品に向かった際、強面《こわもて》の彼を店に立たせるわけには行かなかったため、その間は「一時閉店」の札をかけてしまった。

「だけどそのためには問題が二つ……ありますのよね。さしあたって急務で必須《ひっす》なのは、従業員の確保」

今のところ、ジェコブやマレーネがたまに手伝ってくれているが、あくまで臨時雇い。スヴェンのように住み込みとまではいかなくとも、常勤で働いてくれる者が必要だ。

「そして、銀行からの新たな融資《ゆうし》の引き出し……」

人員を増やすにしろ、設備投資を行うにしろ、新たに銀行から金を借りねばならない。

そのためには融資担当者だけではない、その後ろにいる、支店長クラスにまで納得《なっとく》させるに足る材料を揃《そろ》えねばならない。

「最も手っ取り早いものとしては、どこぞの権威にすがることなんですけどね～」

権威――つまり、「どこそこのなんちゃら賞を受賞」だとか「あの食通のだれそれも絶賛」という、わかりやすい箔付《はくづ》けである。

くだらない話だとスヴェンは思うが、「美味《うま》いだけ」では動けないのが事務屋の性《さが》である。

新規兵装の採用試験も似たようなものがあった。

どれだけスペックで説明しても、一番偉《えら》い人間がそれを理解できないのだ。

だからわかりやすくしてやる必要がある。

その手間とヒマと予算の勝ち取りにも一苦労。

結果、実際の現場では、有能な技術者よりも金をむしり取るのが上手《うま》いだけの小役人が幅《はば》を利《き》かせるようになる。

「確か……猟兵機の正規採用を勝ち取らせる際には、機甲師団相手に三体の猟兵機で鎮圧《ちんあつ》するってデモンストレーションかましてようやっと認めさせたんでしたわね……」

その時の師団長は顔に泥《どろ》を塗られた形になってしまい、未《いま》だに猟兵機という存在自体を恨《うら》んでいるらしいが、恨むなら上を恨めという話である。

「どこぞの誰《だれ》かぶっ倒《たお》せば方がつくんでしたら簡単ですのに」

はぁとため息をつくスヴェン。

愛するルートの大切な店のためならば、それこそ機甲師団を壊滅《かいめつ》させろと命令されても笑顔で受諾《じゅだく》する自信がある。

しかし、今の自分がいるのは荒事《あらごと》だけで解決できる世界ではない。

そのややこしさが、元軍用兵器の思考回路にはもどかしかった。

「ごめんよ〜」

そこに、ドアベルを鳴らして、郵便配達夫が入ってきた。

「あら、マークスさん。いつもご苦労さまですわ」

「やぁスヴェンちゃん、今日もかわいいねぇ」

頭がだいぶ寂《さび》しくなった老配達員が、ニカッと笑う。

「あら、お世辞を言っても何も出ませんわよ……と言いたいですけど、お茶の一杯くらいならサービスできますわ」

「おや、嬉しいねぇ」

トッカーブロートは、店の一角にテーブルと椅子を置き、ちょっとしたフードコートのようにしている。

そこで、買ってくれたお客さんに、紅茶やコーヒーなどを振《ふ》る舞《ま》っているのだ。

これもう少し増築できれば、ちょっとしたカフェーとしての収益を上げることもできるのだが、今のままではそれも難しい。

モヤモヤとした気持ちを抱《いだ》きながら、スヴェンは紅茶を淹《い》れ、テーブルに着いたマークスに差し出す。

「いやぁ、いつの間にかここに来るのが日課になってね。届け物がないのに来るようになっちまったよ」

「あらあら、それはいけませんわね。職務怠慢は銃殺刑《じゅうさつけい》ですわよ？」

営業スマイルを輝《かがや》かせ、マークスの軽口に答える。

人間型猟兵機スヴェルゲン＝アーヴェイの、公式の開発目的は、「課報活動特化型兵器《ちょうほうかつどう》」である。

敵国や不穏《ふおん》分子の集まる場所に、どんな屈強な猛者《もさ》でも油断する「可憐《かれん》な美少女」の姿で入り込み、彼らの油断を誘《さそ》い、多くの情報を入手することを想定して作られた。よって、スヴェンはあらゆる人間に友好的に振る舞い、親愛の感情を抱かせるインターフェイスが組み込まれているのだ。

「かんべんしてくれよ～、今日はちゃんとお届けの手紙もあるんだからさ？」

「あら、それなら今回だけは執行猶予《しっこうゆうよ》を付けて差し上げますわ」

マーカスから渡《わた》された手紙を笑顔で受け取る。

一通は銀行からの事務手続きに関するもの、もう一通は鉱山からの発注書、そしてもう一通を見た瞬間《しゅんかん》、スヴェンの表情が変わる。

「な、なんですと――――⁉」

「ぶっ⁉」

可憐な美少女が上げるにはあまりにも激しい怒号《どごう》にも似た叫《さけ》びに、マーカスは含んでいた紅茶を噴き出す。

「これは千載一遇《せんざいいちぐう》ですわぁっ！」

「あ、あの……スヴェンちゃん？　どしたんだい……？」

すでにスヴェンの耳に、マーカスの声は入っていない。

確かに、スヴェンにはあらゆる人間に親愛の情を抱かせる、完璧《かんぺき》なインターフェイスが組み込まれているが、それはあくまでも通常時。

トッカーブロートに関すること、もっと言えば、ルートにとって重要な案件が絡《から》んだときは、その限りではない。

「主さま――！　大変ですわー！」

言うや、スヴェンは窯場にいるルートのもとに駆《か》け出した。

一方その頃《ころ》、トッカーブロートの窯場にてルートも悩んでいた。

だが彼の悩みは、スヴェンのそれとは異なる。

（やっぱり……今のままじゃいけないよなぁ……）

釜の中のパンが焼き上がるのを待ちながら、ルートは考える。

彼の悩みは二つあった。

一つは、どうすれば子どもたちに怖《こわ》がられないようになれるか。

あれこれ色々と考えてはいるのだが、いまいちいい解決方法が見当たらない。

そしてもう一つは、スヴェンのことである。

（どうしたもんだろうな……本人はすごく真剣《しんけん》なわけだし、ちゃんとなんらかのけじめとかそういうのはつけたほうがいいんだろうな）

ワイルティア人は、国民性として勤勉さと誠実さを売りとする。

むろん、あくまで大まかな括《くく》りであって、誰もがそうというわけではないが、少なくともルートに関して言えば、それは大当たりである。

（でもなぁ……さすがに戸惑《とまど》うよなぁ……）

ただのパン屋とその店の従業員という関係ならば、別にそこまで悩むことではない。

だが、そうではないのだ。

スヴェンは「人並みの経験ぐらいはしているだろう」と推測していたが、実はルートにまともな恋愛経験はない。

十代の大半を生きるのに必死で、軍隊生活の中で、そんな余裕《よゆう》がなかった――というだけでもない。

彼と同等の、それ以上とも言えるエースパイロットがいたが、彼など落とした敵機よりも落とした女の数のほうが上だったと言われているくらいだ。

そういう問題ではなく、なんとなく嫌厭《けんえん》していたという方が近い。

どうしてもどこかで、「自分のような者が、人を愛する価値があるのか？　人に愛される価値があるのか？」と思ってしまうのだ。

ルート・ランガートは、誠心誠意の男である。

彼は誰かのためならば、時に自らの命を危険に晒すことも躊躇《ちゅうちょ》しない。

ともすれば善行のように思えるが、視点を変えれば、常に自分の命を軽《かろ》んじているとも言える。

「お願いだから、もっとご自分の命も大切にしてください」

以前、スヴェンにそう言われた。

その後、自分は彼女の言葉を聞き入れず、死にかけた。

幸い、間一髪《かんいっぱつ》で命を拾うことができたが、泣きながら自分に抱きついてきたスヴェンに、ひたすら戸惑うことしかできなかった。

自分が、誰かに泣いて喜ばれるほどの価値ある命を持っているのか——

そのことに、疑問を抱いてしまった。

（どうしたもんかなぁ……………）

それに、問題はそれだけではない。

今の、あくまで店主と従業員の関係ならそれでいいが、より深く接するのならば、どうしてもないがしろにしてはならない問題がある。

気づかなかったふりをしていることにも、ちゃんと目を向けなければならない。

（スヴェンの……いや、アイツの思いを、俺《おれ》はちゃんと受け止めなきゃいけないよなぁ）

ひたすら、ルートは悩んでいた。

そこに、店の方から大きな声が聞こえる。

「主さま！　大変ですわ！」

現れたのはスヴェンであった。

「す、スヴェン⁉」

先ほどまで、彼女のことで頭をいっぱいにしていただけに、ルートは驚きの声を上げる。

大して広くもない店内を全力疾走で駆けてきた彼女は、そのままの勢いでルートに飛びつくかと思われたが、その寸前、窯場の入り口の境目で、グッとこらえて動きを止める。

「んがぐっぐ！」

窯場には、焼き上げる前のパン生地《きじ》やパン種がある。

髪の毛や僅かなゴミでも入らないように、ルートは細心の注意を払い、許可無く入ることを禁じているからだ。

ルートに関することには、他の事象を一切無視するスヴェンだが、その状態でも彼の命令は絶対厳守する。

それが、スヴェンクオリティであった。

「ど、どうしたんだい？　スヴェン……？」

まだ少しぎこちない声で尋ねるルート。

「手紙です！　手紙が来たのです！」

「手紙って……また何かの請求書《せいきゅうしょ》⁉」

まだ把握していないモグリからの借金でもあったのかと、ルートの顔が青ざめる。

「違います！　仕事ですわ！　仕事の依頼《いらい》が入りましたわ！　それも、とんでもない大口！」

スヴェンは手に持った手紙を見せる。

送り主には、「ペルフェ総督府《そうとくふ》」と書かれていた。

「「「空中パーティーへの出張依頼!?」」」

時間は過ぎて、夕暮れすぎ。

ひと通り営業も終わり、「CLOSED」の札もかけ終えた店内で、ジェコブにマレーネ、そしてミリィが声を上げた。

「そ～なんでございますわよ！　って……なんであなた方までいらっしゃるのですか？」

「この前ルートがセーグルをくれたじゃない。そのお礼に来たの」

冷たい視線を向けるスヴェンに、毛ほども効いていないと言わんがばかりのスマイルで返すマレーネ。

「アタシは……マレーネの付《つ》き添《そ》いだよ、悪いのかよ……」

そして、ぶすっと、ぶっきらぼうに、ミリィも続く。

「別に悪いたぁ言いませんでございますけどね」

スヴェンの最愛の相手であるルートに、ここ最近妙《みょう》に接近しつつある「要警戒人物《ようけいかい》」であるマレーネとミリィ。

マレーネは、かつては長く正体を偽《いつわ》っていたテロリストの一味だったが、その偽りを知ってなお彼女を救おうとしたルートに、思いを寄せるようになった。

そしてもう一人のミリィは、ず〜っと、小生意気な口を利き続け、スヴェンを激しく苛立たせたにもかかわらず、とある一件以降その全てが裏返り、ルートに淡《あわ》い恋心《こいごころ》を抱くようになっていた。

（またムカつくのが、本人が隠《かく》し通《とお》せていると思っているところでございますわね）

スヴェンはおろか、年下のジェコブに気づかれからかわれている始末。

知らぬはルートくらいなものである。

あくまでミリィを子どもとして見ている彼は、ようやく少しずつなついてくれるようになったと大喜びしているが、スヴェンからしてみれば気が気でなかった。

できることなら追い出したい。

しかし、ルートは彼らを「友人」だと思っているのだ。

その二人を彼の命令なしに追い払うことは、スヴェンにはできない。

（ああもどかしいアンビバレンツですわ!!）

その場で頭をかきむしりたい気持ちをぐっと抑《おさ》えながら、スヴェンはひくついた作り笑いを浮《う》かべる。

「ねぇ、スヴェン……これって、スゴイことじゃないか！」

そんな三人の見えざる争いを横目に、今日届いた総督府からの手紙を読んだジェコブが、驚きの声を上げる。

「デフェアデッド号の空中パーティー……ラジオでうわさは聞いてたけどさ、そこに参加してほしいだなんて、すごい名誉《めいよ》だよ！」

ワイルティアがペルフェを領土の一部としてから、二年以上の歳月《さいげつ》が経《た》った。

しかし、未だにワイルティア人と旧ペルフェ人の間に、深い確執《かくしつ》がある。

それを少しでも和《やわ》らげるべく、ペルフェ総督府が企画《きかく》したのが、ワイルティアが有する世界最大の飛空船デフェアデッド号を用いた空中パーティーである。

「そのパーティーで出されるパンを焼いてほしい……これって、上手くいけばワイルティア王室御用達《ごようたし》とか言われるようになるんじゃないの？」

「さすがにそれは難しいでございましょうけど、それでも、ペルフェでも指折りのパン屋だと賞賛されたようなものですわ」

「それにしても、なんでまたこんな依頼が来たの？」

質問するマレーネ。

「なんでも、総督府の広報のお役人が、たまたまこの街を訪《おとず》れた際、たまたまこの店のパンを買って食べたらしいですわね」

「随分《ずいぶん》都合のいい偶然《ぐうぜん》が積み重なったのね」

「なにをおっしゃいますの！　偶然はあくまで偶然！　幸運を引き寄せたるは主さまの研《けん》鑽《さん》と当店の味の良さが起こした必然ですわ！」

王都ベルンの国立劇場も真っ青とばかりに、歌いあげるように主を称《たた》える。

「大切なのはきっかけ、チャンスですわ。義――いえ、機を見てせざるは勇なきなり！　今こそ攻《せ》めに転ずるとき！」

ぐぐぐっと、スヴェンは興奮したように拳《こぶし》を固め力説する。

「…………………う～ん」

だが、当のルートはというと、暗い顔で困惑《こんわく》した声を上げている。

「どうしたのルート？　なんか気に食わないのかい？」

この表情は、友人のジェコブが見ても見たまんまの不機嫌《ふきげん》さを表していた。

「この話……断ろうかと思うんだ」

そして、ぽつりとこぼすように、ルートは言った。

「えええええ〜〜〜〜〜⁉」

「な、何言ってんだよ⁉」

同時に声を上げる、スヴェンとジェコブ。

「主さ――――」

「あのねぇルート！　これがどれだけ重要なことだかわかってる⁉」

スヴェンを押《お》しのけ、ジェコブは噛《か》みつかんばかりの勢いで怒鳴《どな》りつける。

「いいかい？　今回のデフェアデッド号の周遊は、ペルフェだけじゃない。ワイルティア本土でも連日新聞やラジオで伝えられている、一大イベントなんだよ！　その中に、この店も一枚噛ませることができるってのが、どれだけ重大で重要なことか！」

「わかってる……わかってるけど……」

「いーや、わかってない!!!」

勢いに押され後ずさるルートに、なおもジェコブは噛みつく。

「いいかい？　このパーティーでは、おそらく貴族とか有名人とか、とにかく上流の人たちが集まるわけだよ！　そういうところで出《だ》されるものを任せられるってのは、それだけでステイタスなの！　箔なの！　権威がつくの！　それがどう影響《えいきょう》すると思ってるの？

銀行だけじゃない。どっかの大金持ちの資産家が、この店に融資してくれるかもしれないんだよ！　店を今よりもずっと大きくできるってことなんだよ！」

大男のルートを圧倒《あっとう》する勢いで、ジェコブがまくし立てる。

「さ、さすがジェコブさんですわ……わたくしが言いたいこと全部おっしゃられました……」

わずか十歳かそこらの少年の発言とは思えないジェコブの弁舌《べんぜつ》に、スヴェンも感心するしかなかった。

「うん……でも、さ……」

しかし、それでもルートの表情は重いままだった。

「何が気に食わないんだよ、ルート？」

そんな彼に、苛立った口調でジェコブは問いただす。

「あの船、俺、乗ったことあるんだ」

「え、ホント？　いつ……チケットかなりの高額だろ？」

デフェアデッド号の搭乗券《とうじょうけん》は、希望者殺到《さっとう》のためキャンセル待ちの整理券すら入手は難しいと言われているが、そもそもの料金もかなりのものなのだ。

ルートたちも詳《くわ》しくは知らないが、ちょっとした庶民《しょみん》なら一カ月二カ月は食べていける金額だという。

とてもではないが、街角のパン屋がおいそれと購入《こうにゅう》できるものではない。

「いや、兵隊の時にな」

（あっ――！）

しかし、ルートの口にした答えを聞いて、スヴェンは今更《いまさら》ながらに彼の逡巡《しゅんじゅん》の原因に気がついた。

「主さま……もしかして、ロードラントのことを……？」

「うん」

スヴェンの予感は正しかった。

その都市の名前を聞いて、ルートは静かに頷《うなず》く。

「ロードラントって……グレーテン帝国《ていこく》の首都だよね？　なんか関係あるの？」

「それは……」

ジェコブの質問に、ルートは言いよどむ。

「デフェアデッド号は、大戦中は軍用に使われていたって聞いたことあるけど……ルート、あなたそのことを気にしているの？」

替《か》わって、マレーネが核心《かくしん》の答えに近いことを言った。

「あの船がしたことを考えると、やっぱり、ちょっとね………」

ルートにとって、軍人であった過去に、今のパン屋としての自分を近づけたくないという思いがあった。

それほどに、彼の経験した戦いは、辛《つら》く、重いものだったのだ。

「あの……主さま、僭越《せんえつ》ながら、よろしいでしょうか？」

ルートの思いは、スヴェンには痛いほどよくわかった。

搭乗者支援用ＡＩ〝アーヴェイ〟として、彼とともに数多《あまた》の戦場を駆け巡った彼女《かのじょ》には。

それでもこの時スヴェンは言わずにはいられなかった。

「主さま、デフェアデッド号は、今では武装を外され、船籍《せんせき》こそは軍の管轄ですが、基本的に民生用として使われています。いずれは、ワイルティアの統括《とうかつ》する各植民地との航空路を繋《つな》ぐ役割を果たすそうです」

「そうかもしれないけど………」

「お聞きください」

スヴェンは、ルートの思いを叶《かな》えるために自分があると思っている。

彼の好むことを行い、彼の好まざることは決して行わない。

そんな彼女がなおも食い下がった。

「一度でも戦場に足を踏《ふ》み入《い》れた者は、それが終わった後も、新たな生き方を選ぶのは、許されないということなのでしょうか？」

「――――!?」

その言葉は、デフェアデッド号のことを言っただけではなかった。

かつて「白銀の狼《おおかみ》」と呼ばれ恐《おそ》れられたルートと、なにより猟兵機であった自分自身のことも、スヴェンは含ませていた。

「それでは、あまりにも悲しすぎます……主さまのお気持ちもよくわかります。でも、だからこそ、今の主さまが、今のデフェアデッド号を受け入れる必要があるのではないですか？」

それは、スヴェンの願いだったのかもしれない。

戦争の道具として生まれながら、ルートを思うあまり、己《おのれ》の存在意義すら否定して、〝スヴェン〟となった自分を、受け止めてほしいという。

「そう……だね」

小さく、だが、なにか決意したように、ルートは答える。

「俺はもうただのパン屋なんだ。そしてデフェアデッド号も、ただの飛空船……乗ったからって、何がどうなるわけじゃないのにな……」

「そうよ！　あなたはもうただのパン屋のルート・ランガートなんだから。そんなあなたのおかげで、私もやり直せたんだから……」

元テロリストのマレーネも、訴《うった》えるように、ルートに語る。

「そんなあなただから、私はあなたが――もががが」

だが、そこからさらに続けようとしたところで、突如《とつじょ》口の中にパンを突っ込まれ、目を白黒させる。

「ちょっ、なにするのよ！」

突っ込んだのは、ジト目でマレーネを睨《にら》みつけているスヴェンだった。

「いえいえ、今日はクイニーアマンが売れ残ってしまいまして。せっかく主さまがお焼きになられたのにもったいないと、せっかくなので皆様《みなさま》に振《ふ》る舞《ま》いましようと思いまして」

ちょっと油断した隙《すき》にルートとの距離《きより》を詰《つ》めようとするマレーネへの、スヴェンの牽制《けんせい》だった。

「こ、この腹黒ウェイトレス……！」

「腹の黒さに関してはあなたに勝てる気はいたしませんわ！」

激しく視線をぶつけ合わせる二人の間には、見えざる火花が散っているようだった。

「ま、ともあれさ、どうすんの？」

そんな二人をよそに、ジェコブがあらためて問いかける。

ルートがどのように決断するかわかった上での、確認《かくにん》のようなものだった。

「ああ、行くよ……わざわざパン焼いてくれって雲の上までご招待いただいたんだ。これで行かなきゃ、パン屋の名がすたる」

決意したようにきゅっと口元を一文字に結ぶ友人の顔を見て、ジェコブは満足そうに笑った。

第二章「再会は基地の街」

オーガンベルツから東に三十キロほど行ったところに、ナザレンカという街がある。

戦前までは、そこには小さな村があるだけだった。

主要街道《かいどう》からも離《はな》れた場所にあり、さして珍《めずら》しい特産品があるわけでも、なんらかの産業があるわけでもない。

ただ、だだっ広い平原が広がるだけの場所――

ところが、開戦から少しして、この村は一変する。

正確に言えば、ワイルティアが進軍し、この地を領土にしてから激変した。

ワイルティア軍は、ナザレンカのだだっ広い平原に、飛行場を作ったのだ。

東部戦線拡大に備えての、航空戦力並びに航空輸送機の拠点《きょてん》として、大開発が、この村が持っている唯一《ゆいいつ》のもの、〝だだっ広いだけの平原〟で行われた。

基地にいるのは、航空機のパイロットだけではない。

機体を整備する整備士や、基地の職員、基地に駐留《ちゅうりゅう》する兵士、さらにそれらの生活を支える、様々な部門の者たちとその家族が、一気に入植を開始した。

道路や鉄道、水道や電気などの各種インフラは整備され、さらに基地に納入する様々な物資を販売するため、多くの商家が軒《のき》を連ね、さらに多くの人びとが移住してきた。

税収は二桁《けた》以上上がり、無医村の村に低価格で高品質なサービスを行う大病院が建った。

かつての村民たちは貸し出した土地代の賃料として、枯《か》れた土地に鍬《くわ》を刺《さ》し込んでいた頃の十倍以上の金を得て、中にはペルフェ旧首都であるポナパラスなどの大都会で暮らしている者もいる。

ともかく、ナザレンカとはそういう「基地の街」である。

そんなナザレンカの街の中心にある――正確には、そこを中心として街が発展したのだが――飛行場に、今までこの地に降り立ったものの中で最大の飛行物体が着陸していた。

飛空船デフェアデッド号――全長５００メートル、全高１３３メートル。

ワイルティア公国軍が誇るワイバーン級大型輸送機でさえこの三分の一もない。

その巨大《きょだい》さは、ナザレンカの街のどこからでも目に入るほどであった。

そんな中、空中に鎮座《ちんざ》するデフェアデッド号の視線から逃《のが》れるように、街の裏側にある倉庫に二人の男がいた。

「いよいよ明日決行だ。備えに抜かりはあるまいな」

まるで時代がかった騎士《きし》のように、ドレッドノートは言った。

「潜入兵十人と装備十二……全《すべ》て問題なしレッス。メシも食わせたし、やる気も十分。偽装《ぎそう》も完璧」

薄っぺらい、緊張感の欠けた口調のサザーランド。

「装備、ではない」

日頃《ひごろ》なら、これがもうこの男の変えようのない〝地金〟なのだと、特に注意することもないドレッドノートだったが、重い、まるで鋼の大剣のように分厚い声で諌《いさ》める。

「彼《かれ》らは装備ではない。皆《みな》、我《わ》が部下であり、友軍だ」

「大尉殿《たいいどの》……お言葉ですが、あいつらは……」

「正規の軍籍《ぐんせき》を持つ持たないは関係ない。我が指揮下で働く以上、等しく我が部下であり、友軍だ」

抗弁《こうべん》するサザーランドに、ドレッドノートはなおも同じ言葉を繰《く》り返《かえ》し、釘《くぎ》を打つ様に――否、鉄板にリベットを撃《う》ちこむように揺《ゆ》るぎない事実として告げる。

「貴官と同じく、だ」

「ぐっ……」

それがダメ押しの一言となったのか、サザーランドは何も言い返せなくなり、口端を噛

んだ。

「サザーランドよ、我らの決起が、必ずや世界に正義を示す、明日への狼煙《のろし》となる。危険を冒《おか》してでも果たさねばならぬ戦いなのだ」

サザーランドが逆らえない理由は、たった一つである。

階級が上だから——ということは、決定的な理由にはならない。

気に食わない上官は早めに「事故死」させておかなければ、自分の身が危《あや》うくなるのが戦場だ。

面倒《めんどう》なことを言い、自分に危険を押し付ける相手ならば、構わず殺してしまえばいいだけの話。

しかし、ドレッドノートにはそれは出来なかった。

理由は単純、彼はサザーランドなど次元を超《こ》える位置にいる強さの持ち主なのだ。

「あの醜悪極《しゅうあくきわ》まる悪魔《あくま》を、デフェアデッドを、この世から消し去るのだ！」

ご高説を垂れているこの瞬間、背後から迫《せま》り、必殺の間合いで刃《やいば》を放ったとしても、次に躯《からだ》を晒《さら》しているのは自分だろう。

「神と女王陛下の名の下において、貴官の健闘《けんとう》を祈《いの》る！」

サザーランドに出来たのは、演説を終えたドレッドノートに従順を示すように、居住まいを正し、敬礼を返すだけだった。

翌日――

ナザレンカにあるペルフェ総督府支局を、ルートとスヴェンは訪れていた。

ここにいる、今回のパーティー参加の担当者に会うためである。

「いやいやいやいや、どーもどーも、よくいらっしゃいました。ええっと、トッカーヴベルトのヴィル・ランガートさんでしたね」

出迎《でむか》えたのは、痩《や》せ型《がた》にえらく腰《こし》の低い、いかにも「小役人」といった感じの男だった。

「いえ、トッカーブロートの、ルート・ランガートと申しますが……こちらはウェイトレスのスヴェンで――」

「あーあーあー、そうでしたそうでしたすいませんすいません。私、支局の広報課担当のワザケインと申します以後よろしくお願いいたしますこちら名刺《めいし》です」

早口でまくし立てるように言うと、ワザケインは名刺を押し付けるように手渡《てわた》す。

「どうです～、ナザレンカは？　発展した素晴《すば》らしい街でしょう。これもワイルティア軍が来てくださったお陰《かげ》です、ここまでは車で？　鉄道で？」

「そーですかそーでしょう。オーガンベルツ……でしたっけ？　あの街から来るのならそれが一番ですからね、その鉄道もワイルティア軍部が引いてくださったものです。お陰で湖の街の物流はそれ以前の１５００％ですよ十五倍！」

ワザケインは、茶色の髪《かみ》と瞳《ひとみ》に、名前の響《ひび》きから察して、ペルフェ人なのだろう。一応は生粋《きっすい》のワイルティア人——本国人などと呼ばれているルートに慮《おもんぱか》って、ワイルティアを讃《たた》えているのか、ただのわが街自慢《じまん》を超えたレベルでまくし立てている。

「デフェアデッド号はご覧になりましたか？　いやいやいや、これはバカな質問でしたね。この街に来たならば、隣《となり》の駅からでも目に入る巨大さですからな。まさに天空の覇者《はしゃ》！　ワイルティアの威信《いしん》と威容《いよう》を魅《み》せつける空の要塞《ようさい》!!　私あまりの感激に、初めて見た時には涙《なみだ》が止まりませんでした」

「な、なるほど、そうですか……ええ、大きいですしね」

ルートがデフェアデッド号を見たのは初めてではない。

それこそ、この街が軍の基地になるかならないかのころから、かの船が軍用機時代から知っているのだが、元軍人という経歴はどうも明かさないほうがいいと考え、ワザケインの喋《しゃべ》るに任せていた。

「は、はぁ……鉄道で——」

「全高およそ133メートル！　浮上状態《ふじょう》で係留されているので、最高部から地上までは150メートルくらいでしょうか」

150メートルといえば、およそ平均的なビル二十階分に相当する。

「オーガンベルツではそんな高い建物はないでしょう？　ナザランカ基地の管制塔《かんせいとう》でどっこいどっこいですからねぇ」

ニヤニヤと、少しずつ、相手を嘲《あざけ》る色が浮かんでくる。

田舎《いなか》住まいの者を見下す都会人気取りの笑いなのだろうか、ルートは気づいたが、無視をすることにした。

「まさに、デフェアデッド号は、世界最高最大の飛行船です」

「あら、違《ちが》いますわよ」

だが、彼に従う敬虔《けいけん》にして従順たるウェイトレスはそうはいかなかった。

「へ？」

突如口を開いたスヴェンを前に、ワザケインは、なにを言い出すのかこの田舎の小娘《こむすめ》がと言いたげな訝《いぶか》しげな顔をしたが、即座《そくざ》に今までの返礼――というか仕返しが如《ごと》く、スヴェンがまくし立てる。

「飛行船は、硬式《こうしき》や軟式《なんしき》の違いはございますが、基本的に上部の気嚢《きのう》に空気よりも軽い気体を充満《じゅうまん》させ、その浮力《ふりょく》で浮かぶものですわ。自力での航行能力を持たないものは気球になります。デフェアデッド号は、レザニウムクラフト式の〝飛空船〟です」

レザニウムクラフト――ワイルティアが作り出した、従来のものとまったく異なる飛空システムである。

「レザン石は、一定圧力を加える事で膨大《ぼうだい》なエネルギーを発生させます。モーターとは逆でございますわね」

未だ謎《なぞ》の多い特殊鉱石レザン石――古《いにしえ》の竜族《りゅうぞく》の心臓が結晶化《けっしょうか》したものだとも言われるこの石は、多くの特性を持つ。

それを利用し、レザムボマーのような破壊《はかい》の力に使うこともできれば、レザニウムリアクターとして、猟兵機の心臓部とすることもできる。

レザニウムクラフトもその一種であり、本来なら膨大な電力を生み出すレザニウムに、逆に電圧を加える事で、特殊な斥力《せきりょく》場が生まれるのだ。

この力を利用し、「地面から反発する」ことで浮力に変えているのが、レザニウムクラフトの基本原理である。

「デフェアデッド号の気嚢の中にはヘリウムガスとかは詰まっていませんの。大型のレザニウムリアクターと、そこに電力を供給する発電機ですわ」

「よ、よく……ご存じで……」

朗々とまくし立てるスヴェンを前にワザケインの作り笑顔が強張《こわば》る。

「そ、そうです……万能《ばんのう》の鉱石たるレザン石の実用化にこぎつけたワイルティアの化学力の産物──」

「そーでもありませんわ。レザニウムクラフト方式だと、斥力場を生み出すためには、一定面積が必要となるのです。航空機の翼《つばさ》程度では足りません。あれくらい大きな表面積を擁《よう》さないと浮力を稼《かせ》げませんの……意外に不便なんですわよね～」

ワザケインは会話の主導権を奪《うば》い返そうとしたものの、スヴェンが華麗《かれい》にかわす。

「飛行船を超えるものを作ろうとして、飛行船と同じ程度の大きさの浮遊物《ふゆうぶつ》を必要とするのならば、構造が単純な分、飛行船の方が安価ですわ。高度や航続距離は飛空船のほうが上ですけども、ねぇ」

しかし、従来の飛行船はすでに世界一周を可能とするほどの航続距離を持つ。

それ以上と言われても、逆に使いどころを探すのは難しい。

「要は、大戦中にヘリウムガスを都合できなかったワイルティアが、なんとか代わりになるものが作れないかと知恵《ちえ》を絞《しぼ》った産物ですわ。まさか水素詰めるわけにもまいりませんしねぇ」

ヘリウムの主要産出国が先の大戦ではワイルティアの敵国であったため、軍事利用のヘリウム利用が出来なかったための苦肉の策である。

もしその開発が間に合わなければ、「熟練の操縦者と整備を徹底《てってい》すれば、事故など起こらない」と、精神論を根拠《こんきょ》に水素式飛行船が用いられるところだったのだ。

「もし都市の真上で爆発炎上《ばくはつえんじょう》なんてしたら、目も当てられないところでしたわ。歴史的な大惨劇となるところでしたわよ」

「それに水素ガスなんて入れれば、軍用に使えないからな」

それまで黙《だま》って聞いていたルートが、ポツリとつぶやいた。

「元々、海に隔《へだ》てらた大国グレーテンを攻撃《こうげき》するために作られたんだ。こんなデカブツが来れば、高射砲《こうしゃほう》も撃つし迎撃《げいげき》の戦闘機《せんとうき》も出る。一発喰《く》らえばおしまいなんて、悪い冗談《じょうだん》だよ」

兵隊は、命を失う覚悟《かくご》はしているが、犬死にする覚悟まではしていない。

上の人間のいい加減な判断で命の危機に晒された例を、敵味方合わせて数えきれないくらいルートは知っていた。

「コイツが半民間用として、今回みたいにイベントで使われるのは、ある意味世界に知らしめているんだろうな……ワイルティアの技術力は、姑息《こそく》な禁輸政策など物ともしない。

それどころか、世界の空を支配するほどのものを作ったぞ、ってな……」

そう考えると、まるで優雅《ゆうが》な空飛ぶ城のように見えるデフェアデッド号の純白の浮遊《ふゆう》機関も、どこかおぞましいものに思える話だった。

「ええっとお詳しいんですね……ミス――」

「スヴェン、でございますわ。トッカーブロートの主、ルート・ランガートに仕えるウェイトレスです。お間違《まちが》えなきようお願いいたします」

半端《はんぱ》な知識を晒して恥《はじ》をかいたワザケインに、スヴェンはたっぷりの皮肉を笑顔《えがお》でかくして、ぶちかました。

「え～っと……あ～っと……ああ、そうでしたそうでした！　この後の、予定に関してお伝えしなければ」

知識自慢では勝ち目のない相手に居心地《いごこち》の悪さを感じたのか、ワザケインが話を変える。

「この後、ライト――」

「ルート！」

またしても名前を間違えそうになったワザケインを、スヴェンは睨みつけ訂正《ていせい》する。

「失礼しました！　ルート・ランガートさんには、取材を受けていただきます」

「取材⁉　どういうことです？　聞いてませんよ」

「おや、言ってませんでしたか？　おかしいなぁ、手違《てちが》いですかね。そういうことになっているんですよ」

役人特有の、段取り優先で相手の心情を考慮《こうりょ》しない、「そういうことになっているのでそうしろ」という無言の圧力で話を進める。

「今回のパーティーはワイルティアとペルフェの親睦《しんぼく》を深めるためのものですからね。ワイルティア人が経営しながらも、ペルフェ地元民に愛されるお店……だからこその広報的な意義があるんですよ」

「そんな、それは、その……！」

ルートは顔を真っ青にして、だらだらと脂汗《あぶらあせ》を流し始める。

「ワイルティアを始め、諸外国からも注目されていますからね、この後離陸《りりく》前に、新聞社やラジオ局からの取材を受けてもらいます。ニュース映画用のシネマトグラフ《ビデオカメラ》まで来ているんですよ」

「えええ……」

彼は基本的に口下手な人間であり、ましてや人前に立ってあれやこれやとインタビューに答えるなど不得手中の不得手な人間なのだ。

兵隊の頃《ころ》、勲章授与式《くんしょうじゅよしき》などで大観衆の前に立たされたことがある。

その際も、始終むっつり顔で一言も口を利《き》かずに乗り切ったくらいだ。

軍人であれば、寡黙《かもく》で無骨なのも長所と受け取られるが、接客業だとそうはいかない。

このままでは、ワイルティアどころか、エウロペア大陸中に己の強面《こわもて》を晒すハメになる。

「す、スヴェン……あの、申し訳ないんだが、キミが、出てくれないかな……？」

自分がやりたくないことを人に押し付けるというのはいかがなものかと思ったが、スヴェンならば、誰《だれ》もが認める愛らしさとルートの百万倍よく回る舌の持ち主である。

自分よりもはるかに向いている——そう思った。

「えっと、それなんでございますが～……」

おそるおそる、スヴェンが申し訳無さそうに手を挙げる。

「できればわたくしはご遠慮《えんりょ》願いたいところなのでございます」

「ええ⁉」

地獄《じごく》に突《つ》き落《お》とされたような顔のルート。

それを前にして、スヴェンの心は痛かった。

取材を受けるだけなら問題はない。

むしろ、得意の弁舌を駆使《くし》して、世界中にトッカーブロートの名を喧伝《けんでん》するくらいスヴェンには朝飯前である。

しかし、新聞社はカメラを持参し、さらにはワイルティアでも珍しいシネマトグラフまで用意されているのだという。

スヴェンは、ワイルティア軍の兵器開発局から逃《に》げ出した、実験体である。

その存在は極秘事項《ごくひじこう》にされているため、ナザランカ程度の辺境の基地ならばともかく、映像や写真の形で撮《と》られて中央に知られてしまえば、居場所を特定される恐れがある。

しかし、その理由をルートに話すことは出来ない。

「え〜っと……その〜……わたくしほら、髪の色や眼《め》の色がちょっと違いますので」

ワイルティア人の身体的特徴《とくちょう》に、金髪碧眼《きんぱつへきがん》がある。

そうでない者も少なくはないが、向こうが欲《ほ》しがっているのは、「ペルフェで働く生粋のワイルティア人」であろう。

銀髪《ぎんぱつ》に赤眼の自分では意味が無い――ということで押し通すことにした。

「ですからわたくしでは――あ！」

自分で言いながら、スヴェンはふと、良案を思いついた。

「頼《たの》みましたよ。取材は一時間後に、飛空場前の特設ステージで行いますので」

「はいちょっとお待ち下さいませ！」

自分の役割は終わったとばかりにさっさと帰ろうとするワザケインの腕《うで》を掴《つか》み、スヴェンは引きよせる。

「なんですか、あたたたた……」

「あら、ごめんあそばせ」

少し強く引っ張りすぎたようだ。

「この辺りに……や……は……ありませんか？」

「はぁ？　なんでまたそんなものを……ここは基地の街ですからね、日用品の類《たぐい》はたいてい揃《そろ》いますよ」

「では扱《あつか》っているお店を教えて下さい」

有無《うむ》を言わさず聞きたいことを聞き終えると、くるりとスヴェンはターンして、ルートのもとに戻《もど》る。

「主さま、わたくし、ちょっと小用がございますので、出かけてまいります。しばらくこちらでお待ち下さいませ」

「なにを……しようって言うんだい？」

「それは見てのお楽しみですわ♪　ただ、取材の方は、万事《ばんじ》わたくしにお任せ下さいまし！」

そして、ルートにそれだけ告げると、あっという間に支局を出て、街の商業区の方に走っていってしまった。

「なんだかなぁ」

一人取り残されたルートは、とりあえず支局の入り口側のロビーの椅子《いす》に座《すわ》って、時間を潰《つぶ》すことにした。

ただパーティーのパンを焼くだけの話だったのに、なんともややこしい感じになってきたと思いながら。

(なんだろう……嫌《いや》な予感がするな)

ゾワッと、肌《はだ》に不吉《ふきつ》な感覚が走っていた。

正しくは、この街に来てからずっとだ。

よく知った感覚である。

戦場にいた時に感じた、危険が迫っていることを告げる、「第六感」というか「虫の知らせ」というか、ともかく、予知・予感のようなものだ。

根拠はないが、これはよく当たる。

兵隊時代から、この感覚のお陰で何度弾丸《だんがん》が頭を避《さ》けていったかわからない。

(考え過ぎかな……いくらここが「基地の街」だからって)

どこかに敵が潜《ひそ》んでいることを警告する感覚に、ルートは戸惑《とまど》う。

軍関係の施設《しせつ》が密集する街に来たので、感覚が誤作動したのかと自分を納得《なっとく》させようとする。

「何度同じことを言わせるのだ！」

そんな風に二十分ほどただぼうっと座っていると、背後にある受付カウンターから、怒《ど》声《せい》のような女の声が響いた。

「え……？」

その声を聞き、ルートは兵隊時代の危機察知の感覚が今でも正しく働いていることを自覚する。

「ルート・ランガート、歳《とし》は21、金髪碧眼のワイルティア国籍《こくせき》。左頬に大きな傷有り！仮にも公的機関がこれだけわかりやすい身体的特徴を告げられながら、答えられんとはどういうことだ！　公僕《こうぼく》としての自覚があるのか!!」

女は受付を前に、「今日その男がここに来るはずだから、自分の前に連れて来い」と無理難題を言っていた。

これが一般市民ならば、丁重《ていちょう》にお引取りをさせたのだろうが、その女は軍服をまとっていた。しかも、階級章は「少佐《しょうさ》」である。

基地の街ナザレンカの公務員が、おいそれと逆らえない相手である。

驚《おどろ》きのあまり、ルートは身をすくませた。

「ん？」

気配に気づき、振り返る女。

その視線が自分を捉《とら》える前に、ルートは大柄《おおがら》な体躯《たいく》からは考えられないほどの素早《すばや》さで走り、支局を出る。

（なんでだなんでだなんでだ⁉）

頭のなかは疑問で一杯。

しかしその場で立《た》ち尽《つ》くす様なことはしない。

動かなければ命が危ない状況《じょうきょう》に自分がいることを、考えるより先に体が理解していた。

（とにかく、隠《かく》れなきゃ！）

路地裏にあるゴミ箱の陰《かげ》に隠れ、息を潜ませる。

「待てい！　どこだ、どこにいる！」

女の声が近づいてくる。

やはり、気づかれていた。

（なんでだ⁉　なんでこの人がここにいる⁉　まさか、俺《おれ》を追いかけてきたのか⁉）

軍を退役《たいえき》し、パン屋になることを決意した時、最も激しく反対したのが彼女だった。

その激しさたるや、筆舌《ひつぜつ》に尽くしがたい。

彼女の説得とは、拳《こぶし》を振るうことを前提とした肉体言語によるものなのだ。

「返事をせんかぁ！　ルート・ランガート!!」

怒鳴《どな》り声《ごえ》はさらに近づいてくる。

ルートはすでに呼吸を止めている。

まばたきさえやめている。

可能なら心臓の鼓動《こどう》も止めたかった。

今思い出しても、除隊を願い出た時の鬼《おに》のような顔は忘れられない。

鬼……？　否！　ソフィアのあの眼光の鋭《するど》さは「ドラゴン殺し」とまで揶揄《やゆ》されている。

あまりにも無能な将官相手に全力で睨みつけ抗議《こうぎ》した際には、日頃ふんぞり返っていた中佐《ちゅうさ》がその場で腰を抜《ぬ》かして赤子の様に震《ふる》えていたほどだ。

その顔で睨みつけられ、鉄拳《てっけん》を繰り出され、何度も何度も考えなおすように〝説得〟された。

しまいには、ルートは逃げ出すように除隊願を届け、基地を出たくらいだ。

それから二年、ひたすらあちこちを逃げるようにして足跡《あしあと》を悟《さと》らせないようにした。

ペルフェの片田舎《かたいなか》オーガンベルツで開業したのも、半分は彼女から逃れるためだ。

ジャリッ……

底に鉄板の入った軍用ブーツの足音が、ルートの隠れているゴミ箱のすぐ側《そば》まで迫ってきた。

「他人の空似だったか……？」

女がポツリと呟《つぶや》いた。

（そうだ……そのまま……そのまま!!!）

祈るように、ルートは心の中で叫《さけ》ぶ。

しばらくして、かかとが地面を踏む音がひねられる。

女が方向を変え、元来た道を戻ろうとしている。

（……………………ふう）

何とか隠れおおせた。

わずかに、ルートは安堵《あんど》した。——して、しまった。

「アハトゥング!!!」（気《き》をつけ）

突如、女は背中を向けたまま叫んだ。

その体のどこから出たのかというほど、轟《とどろ》くほどの音量。

途端《とたん》に、考えるよりも先に、ルートは反応してしまった。

「しま――――ッ⁉」

軍隊時代、何度となく繰り返してきた動き。

体の細胞《さいぼう》の隅々《すみずみ》にまで染み込ませた条件反射が、ほんのわずかな隙を突いて、彼の体を動かしたのだ。

「ふふふふ……」

ゆらりと、見る者に恐怖《きょうふ》を与《あた》えるゆったりとした動きで、女は振り返る。

笑っている。

笑っているが目は笑っていない。

「久しぶりだな、大尉《たいい》？」

愉悦《ゆえつ》に満ちた、嗜虐的《しぎゃくてき》な口調だった。

ソフィア・フォン・ルンテシュタット――通称《つうしょう》「黒き魔槍《まそう》」。

ワイルティア軍が誇る猟兵機パイロットの中でもトップクラスのエース。

公王直々に「装甲騎士《パンツァーカヴァリエ》」の称号《しょうごう》を授与《じゅよ》された者の一人。

そして……ルートの元上官である。

「……元、ですよ。隊長……」

直属の上官との、二年ぶりの対面だった。

ニヤニヤと意地の悪い笑《え》みを浮《う》かべるソフィアの心中にいかなる感情が内包されているのかは、ルートでなくとも、神様でも難しいかもしれない。

「ごはっ⁉」

——と、ソフィアは問答無用とばかりに顔面に鉄拳を食《く》らわせてきた。

女の腕から繰り出されたとは思えないほどの剛拳《ごうけん》に、ルートの体はふっ飛ばされる。

「えらくなったものだなぁ、ランガート大尉？　脱走《だっそう》は重罪だ。銃殺刑《じゅうさつけい》にされてもおかしくないところを迎《むか》えに来てやった私に、上等な口を叩《たた》くじゃないか？」

「お、俺は正規の手続きを踏んで、除隊申請《しんせい》を出しました……」

だが、その言葉を言い終わるかどうかのところで、今度はあごに蹴《け》りを叩き込まれた。

ソフィア愛用の軍用ブーツは底に鉄板を入れた特別製だ。あごの骨を砕《くだ》かないように手加減、もとい足加減をしたとはいえ、激痛で口が利けなくなる。

「黙れと言っているんだ！　たとえ最高司令部が認めようが、元帥《げんすい》閣下が認めようが、公王陛下が認めようが、キサマの上官は私だ！　私が認めない以上、キサマはただの脱走兵《だっそうへい》だ！」

傲慢《ごうまん》にして豪放《ごうほう》、独善的なまでの尊厳の塊《かたまり》、それがソフィアである。

理屈《りくつ》は通じない。「私がダメだと言ったらダメだ」で全てを納得させる人なのだ。

「パン屋を開いたと聞いて驚いたぞ。どうせはやっていないのだろう？　無理もない、キサマは狼だ。狼の牙《きば》は、爪《つめ》は、どんなにやさしく触《ふ》れても草食動物どもの肉を引《ひ》き裂《さ》くようにできている」

あごを押《お》さえてうずくまるルートに、今度は言葉の刃《やいば》を投げつけてきた。

「そんなこと、ありません……やっと、ちょっとずつ、お客さんも来だしたんです」

「やっと……？　軍を出て二年。二年も掛《か》けて、少しずつ、か？」

ざくりざくりと突き刺さる。

スヴェンのお陰で、トッカーブロートは息を吹《ふ》き返した。

だが、それは、裏を返せばルート一人では何も出来なかったという証左である。

それ故に、ソフィアの言葉に逆らえなくなる。

「挙句に……こんなバカ騒《さわ》ぎに巻き込まれて……」

ソフィアの目に、今までとは別種の感情が浮かぶ。

「な、なにを……？」

「やかましい！」

ルートは問いただそうとしたが、一喝《いっかつ》してはねのけられる。

「キサマの生きる道は軍、それ以外にない！　遊びの時間は終わりだ、さっさと私のもとに戻れ！」

骨の髄《ずい》まで染み込んだ兵士としての自分が、思わずソフィアの言葉にうなずきそうになったが、すんでのところで、パン屋としての自分が、それを押し返す。

「できません……俺はもうパン屋です。隊長の命令を聞くいわれはありません」

「なんだとうっ！」

一瞬《いっしゅん》、「ドラゴン殺し」とまで言われたソフィアの瞳が、怒《いか》りで赤くなったように見えた。

しかし、すぐにその火は消える。

「やはり、『騎士』の称号を授与されることが、受け入れられなかったのか……？」

「………」

ソフィアの言葉に、ルートは、頷《うなず》くように沈黙《ちんもく》で返す。

先の大戦で、抜群《ばつぐん》の働きをしたルートは「白銀の狼」の通り名とともに、諸国にまで知られる英雄《えいゆう》となった。

その彼に王宮は、「騎士」の称号を与えようとした。

末席とはいえ、貴族の一員として迎え入れようとしたのだ。

「俺は、人殺しですよ。それが、『装甲騎士』？　悪い冗談だ！」

元から、戦争が終われば軍を抜ける気だったが、その一件が、決定づけた。

「その言い草は、戦場で戦った全ての兵士への冒涜《ぼうとく》だぞ……！」

職業軍人や、徴兵《ちょうへい》された者、様々理由はある。

だがみな等しく戦場の中で血と泥《どろ》にまみれながら戦った。

戦争という行為《こうい》を否定するのは思想の自由だが、そこにあった者たちの尊厳まで踏《ふ》みにじる権利は、誰にもない。

「そうじゃない……そうじゃないんですよ……」

しかし、ルートの言っているのはそういうことではなかった。

「まだ、ラプチュリカを引きずっているのか？」

「――――!?」

ソフィアの一言にまるで心臓を抉《えぐ》られたように、ルートの目が見開く。

ラプチュリカ――エウロペア大戦の中で、最低最悪の惨劇が起きた都市の名前。

「あれはあのクサレ中将《ちゅうじょう》の起こした蛮行《ばんこう》だ！　キサマがバカみたいに悔《く》やみ続けてもなんの意味もない！　自分の尻尾《しっぽ》を延々追いかけまわすバカ犬のようなものだ！」

ワイルティアと、その敵国フィルバーヌの間に、ハウゲン王国という小国があった。

エウロペア大戦に中立を宣言したハウゲンだったが、フィルバーヌに侵攻《しんこう》するために、ワイルティアはここを通過しようとする。

当然ハウゲンは拒絶《きょぜつ》した。しかしワイルティアはそれを無視した。

抵抗《ていこう》するハウゲン軍を圧倒的《あっとうてき》な戦力で蹂躙《じゅうりん》したワイルティアの行為は、もし戦勝国でなければどれだけ国際社会から糾弾《きゅうだん》されたであろうと思われるほど酷《ひど》いものだった。

ラプチュリカは、そのハウゲンとフィルバーヌとの国境線にまたがる都市である。

現在は、そこにはわずかな廃墟《はいきょ》だけが残っている。

ワイルティアが地図から消し去ったのだ。

「あれは……戦争だった！　お前が悪いわけじゃない！」

「でも、殺したのは俺です」

「もし攻《せ》められるのならば、それは軍だ！　いや、国家が贖《あがな》うべきものだ！　キサマごとき一士官が背負えるものか、図に乗るな！」

「殺したんですよ!?」

いつのまにか、二人の顔は近づいていた。

「なんの抵抗する力ももたない住民を、ただ普通《ふつう》の生活を、懸命《けんめい》に生きていた人たちを俺は虐殺《ぎゃくさつ》した！　その俺が〝騎士〟!?　ありえない！」

「黙れ！」

叫ぶや、ルートの胸倉《むなぐら》をつかみ引き寄せる。ただでさえ近かった二人の顔は、互《たが》いの息がかかるほどに近づいた。

「お前は、命令を果たしただけだ……もしそれで、誰かがお前を責めるなら、侮辱《ぶじょく》するなら……」

　ソフィアの瞳に、怒りではない別の感情が見えた。

　一つは悲しみ、そしてもう一つは、とてもわかりにくいほど小さいなにか。

　二人はじっと見詰《みつ》め合う。

「私が――――」

　先ほどまでの、恫喝《どうかつ》じみた声ではない。

　どこか悲しさと、優《やさ》しさと、悔《くや》しさと、そういった色んな感情をごちゃ混ぜにした声。

　ソフィアが、意を決し、なにか腹の底に飲み込み続けた思いを吐《は》き出そうとした寸前、

「そこまでですわ」

　何者かが、ソフィアの後ろに立ち、何か、固い円筒形《えんとうけい》のものを押し付けていた。

「なに⁉」

　ソフィアは激情家ではあるが、同時に軍人としては冷酷《れいこく》なまでに冷静だ。

　本来の彼女《かのじょ》なら、他者を恫喝するために怒りの表情は作っても、常に周囲に気を配っている。たとえ起《お》き抜けであろうが襲《おそ》い掛かられても対処できる。

しかし、その彼女に気づかれることなく、何者かが忍《しの》び寄《よ》り、背後を取っていた。

「主さまからお手をお離《はな》しくださいませ……」

丁寧《ていねい》だが、冷たく殺気を込めた声。

百戦錬磨《ひゃくせんれんま》のソフィアに戦慄《せんりつ》を走らせたのは、見目麗《うるわ》しきウェイトレス、スヴェンだった。

「……キサマ、何者だ」

「質問を許した記憶《きおく》はございませんわ？」

言いながら、ソフィアの背中に円筒《えんとう》をさらに強く押し付ける。

ソフィアはわずかに目元をひくつかせると、言うとおりにルートから手を離した。

わずかに、スヴェンの注意がそこに向く。

それを見逃《みのが》すソフィアではなかった。

「なめるなっ！」

ソフィアは背後に向かって肘《ひじ》を打ち込む。

スヴェンは素早く後退《あとずさ》り躱《かわ》すが、同時に手に持っていた円筒が弾《はじ》き飛《と》ばされる。

『なにっ⁉』

彼女が銃口《じゅうこう》だとばかり思っていたのは、スヴェンがいつも持ち歩いている、客に受け取りのサインをもらうためなどに使う、金属製の万年筆だった。

「職業軍人をナメやがって！　教育してやる！」

ソフィアは猫科の猛獣《もうじゅう》を髣髴《ほうふつ》させる素早い動きで、懐《ふところ》から銃《じゅう》を取り出すが、今度は、スヴェンの手のほうが早かった。

「なにっ⁉」

素早く銃身《じゅうしん》を抑《おさ》えこみ、撃鉄が動かないようにした。

（なんだこの女……ただの娘《むすめ》じゃない……？）

銃身どころか、引き金に置いた自分の指ごと握《にぎ》りつぶそうとするスヴェンに、ソフィアは一瞬、恐怖する。

反してスヴェンは、挑発的《ちょうはつてき》で、あざ笑うような声をかけた。

「『黒き魔槍』が、無様ですわね？」

ギリッ――――!!

ハッキリと聞こえるほど大きい、ソフィアが怒りで歯を軋《きし》ませる音が響いた。すでにその怒りは、殺意にまで高められている。

さっきまでルートに向けられていたものなど比べ物にならない、煉獄《れんごく》のような怒り。

「このクソお〇〇〇豚《ぶた》が！」

本気の殺意を向けるソフィアに、スヴェンも応じようと睨《にら》み返《かえ》す。

しかし、両者の激突《げきとつ》が不可避《ふかひ》かと思われたその時、ルートはたまらず叫んだ。

「やめてくれ隊長！　スヴェン！」

抗議の声ではない。嘆願《たんがん》だった。

「大尉……」

「主さま……」

ルートの叫びに、二人は、ともに動きを止めた。

自分が一番信頼《しんらい》していた人が、いま自分を支えてくれている人に殺気を放つ姿など、もうこれ以上見たくなかったのだ。

「……シャッセ《くそっ》！」

スヴェンが銃から手を離し、ソフィアは小さく吐き捨てると、懐にしまう。

「どうしても……戻る気はないということか？」

ソフィアが、どこか懇願《こんがん》にも近い声音《こわね》で問いかける。

「俺はもう軍には戻らない……何度問われても、答えは同じです」

「……その気になれば、お前の店を潰すことは可能なんだぞ？」

ソフィアが言っているのは、決して脅《おど》しではない。

軍がその気になれば、無実の者を何かしらの容疑をかけ、逮捕《たいほ》することも可能である。

実刑《じっけい》を食らわせることまでは難しいだろうが、一月二月勾留《こうりゅう》するくらいなら簡単だ。

そしてそれだけの期間休業を余儀《よぎ》なくされれば、トッカーブロートは潰れてしまう。

「それ……本気で言ってるのか……？」

元上官のあまりに卑劣《ひれつ》な物言いに、ルートに失望にも似た怒りが芽生える。

「本気……？　それはむしろオマエにだろ」

ソフィアの目は節穴ではない。

再会していくらか言葉をかわしただけで、彼女は、ルートの中の「弱さ」を見た。

「確かにお前は、良きパン屋になろうとしているのだろう。だが、それが、軍人としての自分に、過去からの逃避《とうひ》として選んでいないと、断言できるのか？」

それまでの、威圧《いあつ》するような、相手の反論を封《ふう》ずるような口調ではない。

むしろ、ルート自身が自覚していたが気づいていないようにしていた事実を詳《つまび》らかにするような口ぶりだった。

「殺してしまった者への贖罪《しょくざい》、過去の自分への償《つぐな》い……いや、穢《けが》れた自分を認めたくないから、憐《あわ》れなパン屋を演じて、不幸になることで、自分を慰《なぐさ》めているだけじゃあないのか？」

「違う、俺は……」

必死に抗《あらが》おうとするが、ルートの拳は震えていた。

「違うのなら、なぜ私の目を見ない？」

「うっ――――！」

知らぬうちに、ルートは正面から見据《みす》えるソフィアから、目を背《そむ》けていた。

「変わらんな……お前はいつも、ウソを吐《つ》くときはそうなる」

見透《みす》かすようなソフィアに、反論ができない。

「決まりだな……そんな後ろめたさで焼いているパンなど、小手先の努力でそこそこ食えるものになるかは知らんが、いずれはボロが出る」

「…………」

何も言い返せなくなる、むしろそれが、真実なのだと受け入れそうになる。

「いい加減にしてくださいませ！」

そんなルートに代わって、スヴェンが声を上げた。

「如何《いか》にあなたといえども、主さまの思いを、これ以上否定することは許しません！」

スヴェンは知っている。

ルートの中に、過去への贖罪や、自分の犯《おか》した罪への深い悔恨《かいこん》はある。

どれだけ周りから罵倒《ばとう》されようが、受け入れる彼《かれ》の姿には、そこからの思いもあるのだろう。

「主さまは心から、多くの人にご自分の焼かれたパンを食べてもらうことを喜びとしています。後ろめたさ？　小手先？　そんなチャチなもんじゃございません！」

それでも、それだけを理由に生きているとは、スヴェンには思えなかったのだ。

「ならば、それを証《あか》してもらおうか」

ソフィアは、拒《こば》むことを許さぬ語気で告げた。

「お前が本当に、パン屋として生きる覚悟を持っているのか、示してもらおう……」

「そんなの、どうやって……？」

自分の焼いたパンを食べて判断するというのか？

ソフィアは軍人としては一流だが、別にパン焼《や》きのプロでも食通でもない。

疑問を口にするルートに返された言葉は、意外なものだった。

「なぁに、簡単なことさ……お前たちは、あのデフェアデッド号のパーティーに参加するんだろう？　パン焼きとして」

「ああ、なんで知ってるんだ？」

「あの船のことはあちこちで報道されているからな。お前の名前もその中で見つけた」

ソフィアは当初、空中パーティーへの出席は、理由をつけて断ろうと考えていたが、たまたま目にした新聞記事に、「当日はワイルティア人でありながら、ペルフェ人をも魅了《みりよう》するパン屋のルート・ランガート氏を招き――」という一文を発見し、考えを変えた。

「そんな大きく書かれたわけじゃないだろうに……よく見つけたなぁ」

「正直、神に感謝した」

呆《あき》れるルートに、ソフィアはフンと息を吐きつつ答える。

「私も招待されているんだ。なので……そうさなぁ、そのパーティーの参加者、誰か一人でいい……お前の焼いたパンを〝美味《うま》い〟と言わせてみろ。それが条件だ」

「そんな……ことで……？」

示された条件のあまりの軽さに、思わず戸惑ってしまう。

もしかして、ソフィアは自分をからかっているのではないかと思うくらいだった。

「何を言っておりますの？　わたくしたちは遠路はるばる、召《め》し呼ばれて、パンを焼きに来たのですわよ？」

スヴェンも同様に感想を持ったのか、不機嫌《ふきげん》な声を上げる。

「いずれ分かるさ。自分がどれだけバカなことではしゃいでいたかをな」

しかし、ソフィアは冗談《じょうだん》で言ったのでもからかったのでもなかった。

ただ、それだけ言い残し、その場を後にしようとする。

しかし、その際にポツリと、つぶやいた。

「こうなる前に、止めてやりたかったのに……」

それはルートに向かって言ったのではなく、彼女が自分自身に言った言葉だった。

「え……？」

その意味を説明することなく、ソフィアは立ち去る。

「何を……言っているのでしょうか？」

「さぁ……」

実直と勤勉さが国民性であるワイルティア人でも、ウソや冗談を口にしないわけではない。

しかし、ソフィアの口ぶりは、真剣《しんけん》そのものだった。

パーティーの出席者が、誰もルートのパンを「美味い」と言わないという、確信がこめられていた。

「一体、隊長はなにを……？」

長い付き合いの相手だったが、ここまで心中が読めなかったのは初めてだ。

「大丈夫《だいじょうぶ》ですわ！　主さまのパンを食べれば、皆様《みなさま》笑顔《がお》で〝美味《おい》しい〟と言ってくださいます！　まったく、ルンテシュタット少佐も何考えてらっしゃるんだか」

そんなルートの不安を打ち消そうと、努めて陽気に、スヴェンが言った。

「そうだね……考えても始まらない——それより、その髪《かみ》は一体……あとメガネ」

スヴェンの髪の毛は、流れるような銀髪は真っ黒に染め上げられ、偏光《へんこう》レンズのハマったメガネは、赤い瞳《ひとみ》の輝《かがや》きを隠していた。

「これくらい大きな街ですので、髪染《かみぞ》めや変わったメガネの一つや二つ売ってるだろうと思いましたら……案外すぐに見つかりました」

髪染めは日用品の類だし、偏光グラス入りメガネは、飛行場を備えたナザレンカには、航空機のパイロットも多く在住しているので、扱っている店も多かったのだろう。

遮蔽《しゃへい》物のない空の上では、直射日光は時に目を焼くほどの激しさになるため、必須《ひっす》の品なのだ。

「に、似合いますでしょうか……？」

「えっと……それなら、目立たないから、いいんじゃないかな」

職業軍人のソフィアと堂々渡《わた》り合《あ》ったのと同一人物とは思えないほど、おそるおそる尋《たず》ねるスヴェンに、至極《しごく》当たり前にルートは答えた。

「それだけ……ですか……？」

「え……？」

少しだけ寂《さび》しげにうつむくスヴェンに、ルートはしばらく考えて後、「あ！」と声を上げる。

「あ、あの……よく似合っているよ！　黒髪《くろかみ》も、メガネも！」

目立たなくするための工作とはいえ、普段《ふだん》と違う姿をしているのだから、どう感じたのか、スヴェンは言って欲しかったのだ。

「うん、えっと、いつもの銀髪もキレイだし、赤い眼もステキだけど、その姿もいいと思うよ、うん！」

手振《てぶ》り身振《みぶ》りを交えて、必死で賞賛しようとしている。

「主さまにそう言っていただけて、嬉《うれ》しいですわ♪」

満面の笑みで応《こた》えるスヴェン。

傍《はた》から見れば取《と》り繕《つくろ》っていることこの上ない動きだが、彼女にとっては満足だった。

一方その頃、ルートと別れたソフィアは――

「ああもうなんでこうなったのだ!!!」

激しく苛立《いらだ》ちながら、通りを闊歩《かっぽ》していた。

こうなるはずではなかった。

久しぶりの再会を喜び、自分を放って出て行ったことを詫《わ》びるルートを寛大《かんだい》に許し、その上で、この後行われるパーティーでの〝ある事実〟を伝え、参加しようとする彼の考えを改めさせる。その上で、原隊復帰を説得する。

そういうシナリオで挑《いど》んだはずだった。

「久しぶりだなランガート大尉……いや、今はもう大尉ではなかったのだな。ルート」

最初のセリフはそうしようと決めていた。

それがどうしてこうなった⁉

(そもそもあのバカがいかんのだ‼ なんで私を見て逃げる！ そんなに私が恐《こわ》いか‼)

まさかあんなところでいきなり遭遇《そうぐう》するとは思ってもいなかった。

いなかっただけに心の準備が追いつかなかった。

焦《あせ》るととりあえず怒り、怒鳴り、恫喝するクセはそろそろ改めたほうがいいかと、ソフィアは本気で思った。

(それにつけてもなんだあの女は………？)

相手が男だろうが上官だろうが圧倒《あっとう》してきた自分と互角《ごかく》に渡り合ったスヴェン。

だが、それ以上に強面揃《こわもてぞろ》いの軍隊の中でもとびきりの威圧感を持つルートと、まともに接する女が市井《しせい》に存在したことに驚いた。

それも、かなり親しげであった。

まるで我《わ》がことのようにルートを案じ、全幅《ぜんぷく》の親愛の情を向けている。

（…………………………）

苛立ちがどんどん激しくなるのがわかった。

強めの酒でもかっくらいたい勢いだが、デフェアデッド号の出港までそう時間はない。

つまり、パーティーの開幕まで時間がないということでもある。

さすがに名家ルンテシュタット家の看板を背負《せお》って、酔《よ》いどれで向かう訳にはいかない。

「ああもう!!!」

八つ当たりするように、そばに置かれていたスチール製のゴミ箱を蹴っ飛ばす。

「きゃっ！」

「え？」

同時に上がる少女の悲鳴。

ソフィアの蹴りの一撃《いちげき》で、ゴミ箱は大きな凹《くぼ》みを生じ、吹っ飛び、たまたま角から姿を現した少女に当たってしまった。

「これはいかん！　おい、大丈夫か！」

ソフィアは傲慢で傲岸《ごうがん》に見えるが、それはあくまで隊内でのみ。

日頃《ひごろ》は相応の常識と節度を持って生きている。

少なくとも、民間人に危害を加えて楽しむ不良軍人とは真逆の人物なのだ。

「う〜ん……」

ゴミ箱をぶつけられた少女はその場で転倒《てんとう》し、当たりどころが悪かったのか、気を失ってしまっている。

「参ったな……なんということだ……」

悪い時には悪いことが重なる。

自分の境遇《きょうぐう》を呪《のろ》いながらも、ほうっておくわけにもいかず、ソフィアは気絶した三つ編みを二つ括《くく》りにしている少女を抱《だ》き上《あ》げた。

第三章「小さな密航者」

ナザレンカの街の中心部にある飛行場。

デフェアデッド号のような大物が来ることは初めてだが、１００メートル級の大型輸送機の離発着《りはっちゃく》も前提に作られているだけあって、その敷地《しきち》面積は広大の一言である。

この日は、ほとんどのフライト予定はキャンセルされ、大型飛空船のイベントにその広大さを遺憾《いかん》なく発揮した。

「はい、それはもちろんでございますわ♪　当店にいらっしゃる多くのペルフェのお客様たちは、皆様《みなさま》、我が主さまのお作りになるパンをそれはもう絶賛されて……ええ、ええ、そのとおりです。ワイルティアの伝統的な製法によるものです」

多くの屋台が並び、芸人や興行師の屋台まで立っている。

ナザレンカの人々だけでなく、周辺各都市から多くの人が「世界最大の航空機」たるデフェアデッド号を一目見ようと集まっていた。

「元々ペルフェとワイルティアは、文化的にも歴史的にも一つの国と言ってもおかしくないほど密接な関係。それは食文化においてもしかりです。食という人間の根源に繋《つな》がる部分においての共感は取りも直さずして、二国の人々が、一つの国として末永く繁栄《はんえい》できる証しであるというのが、我が主さまのお考えですわ」

その中で、一段高いステージにて、トッカーブロートへの取材は行われ、人前に出るのが苦手なルートに代わり、スヴェンがインタビューを受けていた。

それまでナザレンカの市長や、空港基地司令、総督府《そうとくふ》やワイルティア政府のお偉方《えらがた》などの退屈《たいくつ》なスピーチが続いただけに、いつもの装いとは違えど、十二分に美少女であるスヴェンが出てくれれば、取材陣《しゅざいじん》たちもフラッシュの焚《た》きがいがあるというものであった。

「俺には真似《まね》できないな」

そんな彼女の姿を遠目に見つつ心から感心するように、ルートはつぶやく。

ルートは、以前は潜入《せんにゅう》工作なども行う特務兵を務めていたので、そのころならばそれなりに話すことも出来たのだが、今ではその片鱗《へんりん》はない。

わずかでも残っていたなら営業スマイルの一つも作り、スヴェンが来るまでもなく、トッカーブロートはそれなりに繁盛《はんじょう》していただろう。

しかし、これは「変わった」というよりも「元に戻《もど》った」という方が近いことだと、ルートは思っている。

元々彼は、どちらかといえば引っ込み思案で、幼いころなど泣き虫で有名であり、近所の悪童からいじめられても何も言い返せずうずくまることしか出来ない子どもだった。

随分《ずいぶん》昔の話である。

まだ彼に両親がいて、それなりの暮らしをしており、そして……

（悪いことしたかな……）

言葉には出さず、心の中のみで、ルートはつぶやく。

「しかし、本当に巧《うま》いもんだなぁ～」

スヴェンのスピーチ――もはや質疑応答のインタビューではなく、ほぼ彼女の独演会になっていた――は、「上手《うま》い」ではなく「巧い」の域にあった。

今回の空中パーティーの趣旨《しゅし》は、要はプロパガンダである。

併合《へいごう》されたペルフェは、ワイルティアによって以前よりもはるかに住み良く素晴《すば》らしい土地となったと、内外に喧伝《けんでん》するのが目的である。

集まったマスコミも、そういった主旨《しゅし》を踏まえた上で取材し、記事にする。

なので、スヴェンは、彼らが記事にしやすいような内容を話しているのだ。

「ペルフェの人々は、ワイルティアのパンに夢中である」

「彼らはワイルティアからもたらされた文化によって幸福となった」

「ペルフェに喜びを与えることこそワイルティアの願いである」

そういった内容をまくし立てれば、記者たちは大喜びで記事にしてくれる。

だからこその「巧い」なのだ。

だが、スヴェンも別にただサービスで餌《えさ》を振《ふ》りまいているのではない。

「それではここで、当店の詳細《しょうさい》を記したチラシをどうぞ～。メニューや価格なども載《の》っておりますわ。出張のご依頼《いらい》もご相談に乗らせて頂いておりますので、ご遠慮《えんりょ》なくお問い合わせ下さいまし♪」

その合間合間に、絶妙《ぜつみょう》なタイミングで店の宣伝も欠かさない。

「ホント、巧いなぁ……」

ルートはただただ、感心するしかなかった。

「では、ここで、オルフェン・ボルウィッチ氏にもお話をお聞きしたいと思います」

司会に紹介《しょうかい》されて、ステージに上がってきたのは、デフェアデッド号内部の厨房《ちゅうぼう》の料理長であった。

本来は、ワイルティア首都ベルンの超一流《ちょういちりゅう》レストランのシェフである。

恰幅《かっぷく》の良い大柄《おおがら》な体つき、蓄《たくわ》えたひげの色から、生粋《きっすい》のワイルティア人だとわかる。

「ルート・ランガート氏の焼くパンは大変美味しく、私の店でもご提供したいくらいの素晴らしさです。ワイルティアとペルフェの架《か》け橋《はし》たらんとする氏の熱意の賜物《たまもの》と言えましょう」

こちらも、慣れた口ぶりで、スヴェンにも負けない、取材陣《しゅざいじん》が望む受け答えを披露《ひろう》している。

だが、ふとルートは首を傾《かし》げる。

自分のパンを絶賛してくれるのはありがたいが、彼はいつトッカーブロートのパンを食べたというのだろう。

総督府の広報の人が来たことはあると言っていたので、その際に持ち帰り、オルフェン氏にも供されたのかもしれないが、妙《みょう》な話であった。

「主さま、こちらに！　皆様が写真を撮りたいそうですわ」

「え、ええ⁉」

スヴェンからステージに上るように促《うなが》され、思考は中断する。

いかに美少女スヴェンが絵になるからといって、さすがに向こうの料理長が出ているのに、こちらの代表者が出ない訳にはいかない。

「やぁ、ミスターランガート、今日はよろしくおねがいしますよ。ともに素晴らしい宴席《えんせき》を築きましょう！」

満面の笑《え》みのオルフェン。

「ど、どうも……よろしくお願いします……！」

ぎこちない足取りで壇上《だんじょう》に上がり、ぎこちない手つきで握手《あくしゅ》に応える。

途端《とたん》に、ひときわ激しくフラッシュが焚かれた。

（う～ん……）

落ち着かない。

こういった晴れの舞台《ぶたい》というのが苦手ということもあるが、それ以上に、どこかあやふやな気持ちになる。

ソフィアの賭けも気になるし、なにより、まだ嫌《いや》な感覚がする。

あの、「危険察知」の感覚が、ずっと自分に何かを訴《うった》え続けている。

（何か、起こるっていうのか？）

出港間近の、デフェアデッド号の巨体《きょたい》を仰《あお》ぎ見《み》る。

それなりに距離《きょり》は離れているのに、視界に収まりきらないほどの威容《いよう》の飛空船は、何も応えること無く、粛々《しゅくしゅく》と船出の時を待っていた。

そして、多くの人々と様々な思惑《おもわく》を乗せ、ついにデフェアデッド号は発進した。

離陸《りりく》の際には、地上でこの日のために呼ばれた楽団が演奏し、多くの見物客が見送る。

しかして、その浮上《ふじょう》は、地上の喧騒に反して、驚《おどろ》くほど静かだった。

「静かなもんだなぁ」

窓の下の遠くなった地上の景色を見つつ、ルートが言った。

「飛行船は、世界で一番静かな乗り物、とも言われておりますわ。それは飛空船であるこのデフェアデッド号においても同様ですわよ」

承知のとおりといった素振《そぶ》りで、スヴェンが言う。

通常、飛行機で離陸する時は座席に座《すわ》りシートベルト着用が必須である。

対して、デフェアデッド号の乗客たちには、シートベルトはおろか、着席さえも指示されなかった。

それどころか、すでに始まっているパーティーで、グラスを傾《かたむ》け乾杯《かんぱい》をしている始末である。

控室《ひかえしつ》として与《あた》えられた旅客《りよかく》室の一つにいたルートとスヴェンの二人も同様に、この静かすぎる船出を味わっていた。

「飛び立つ」飛行機と違い、飛空船は浮力《ふりよく》体を使って「浮《う》かび上がる」なのである。

航行用のプロペラなど、まったく音が出ないわけではないが、静音性にかけては航空機のそれとは比べ物にならない。

その静かさたるや、テーブルの上に置かれたグラスの水も波立たないほどである。

「文字通り、〝空飛ぶ船〟ですわね」

水の上に浮かぶ、空に浮かぶ、の違いはあれど、スヴェンの言うとおり、確かにデフェアデッド号は、「船」と言うに等しかった。

乗員乗客合わせて千人近くを乗せ、一流ホテル並みの設備を備えた客室、現在パーティーが行われている大広間、バーやカジノ、大浴場まで備えている。

これだけの設備とそれを利用する人間を賄《まかな》う、千キロ以上も無補給無着陸で行えるだけの物資を積み込めてなお余りある搭載量《とうさい》。

海上を行く豪華《ごうか》客船でも、これだけの規模は数隻《すうせき》くらいしかないだろう。

「まったく大したものでございますわね」

「ホントだねぇ」

「で、これは一体どういうことでございますの⁉」

ひとしきり離陸のシークエンスを味わった後、スヴェンは苦い顔で言った。

「控室……なんだと思うんだけど……」

答えるルートも、戸惑《とまど》いを隠《かく》し切れない。

「倉庫でございますわよ、これ！」

ろくな内装もされていない打ちっぱなしの壁《かべ》に、積みっぱなしの木箱。

客が来ることを想定していないのか、ホコリが目立つ床《ゆか》。

置き場がないからとりあえず投げ入れたんだろうとばかりに放置されたロープや錆《さ》びたネジなどなど……とてもではないが、わざわざ文章で参加を要請《ようせい》した業者を押《お》し込めておく場所とは思えない。

「適当な場所がなかったのかな……？」

「いやいやいや、そんなレベルじゃございませんわ！　乗務員の仮眠室《かみんしつ》だってもうちょいマシですわよ」

いい方に解釈《かいしゃく》しようとしたルートに、スヴェンが突っ込む。

「もしかして何かの間違《まちが》いかもしれないし、あとで確認《かくにん》してみるよ。それよりも、厨房に急がなきゃ」

自分たちがこの船に乗ったのは、空の旅を楽しむためではない。

パーティーに参加している乗客を楽しませるためである。

作業着に着替《きが》え、早速《さっそく》厨房へと向かう。

デフェアデッド号にはその豪華さに恥《は》じぬ、本格的な厨房が備えられている。

鳥の丸焼きはおろか、豚の丸焼きだって作れるほどの巨大《きょだい》なオーブンに最新の電気式大型冷蔵庫に製氷機まである。

パン焼き用の釜《かま》も当然備えている。

数百人の来客をもてなすための、それだけで一流レストラン以上の規模を持つ厨房。

しかし、その直前でルートたちは止められてしまった。

「こっから先は関係者以外立ち入り禁止だ」

入口の前に立つ大柄なコックが、無愛想な顔で言い放った。

「え……？　あの、俺《おれ》たちはその……トッカーブロートの者で……」

なにか連絡《れんらく》の不備でもあったのかと思い、恐《おそ》る恐る伝えるが、コックの顔は変わらない。

「乗り込んできた田舎《いなか》のパン屋だろ。だからなんだ」

彼はルートが何者か知った上で、言っていた。

「どういうことですの！　わたくしたちは頼《たの》まれて来ているのですわよ！」

スヴェンが、激しく抗議《こうぎ》するが、コックはまるでバカにするかのようにわざとらしく大あくびをかき、ろくに聞こうともしない。

「あの、オルフェンさんを呼んでもらえますか？　何かの手違《てちが》いだと思うんです……あの……？」

ルートの必死の願いも、コックは聞こうともしない。

「どんだけ人なめくさってますの……？」

スヴェンの頬《ほお》が、ひくひくと引きつり始めている。

このままでは、目の前のコックを投げ飛ばしてでも押し通ろうとしかねない。

「お、お願いします！　そこをどいてください!!　あなたの命が危なくなる前に!!」

「な、なんだよ!?　どういう脅し方だ!?」

「脅しじゃない、今そこにある危機だ!!」

心から目の前のコックの身を案じて、ルートは訴えた。

スヴェンが本気になれば、自分でも抑えられる自信はない。

ある意味、ソフィア以上に危険な存在なのだ。

「やかましいぞ！」

そこに、表の騒《さわ》ぎが聞こえたのか、厨房の扉《とびら》を開きシェフのオルフェンが現れた。

「オルフェンさん……よかった！」

ようやくこれで話が進む、ルートはそう思った。

しかし、それは即座《そくざ》に裏切られる。

「なんだ、あんたらか、なんの用だ」

先ほどのステージ上で見せた温和な笑顔とは別物の、野良犬《のらいぬ》を見るような目つきだった。

「なんの用って……パンを焼きに来たんですよ。俺たちはそのために来たんです」

「おいおいおい……何言ってんだあんた、わからねぇのか？」

人を小バカにする様に嘲笑《あざわら》うオルフェン、その後ろでは門番気取りのコックも、これみよがしに笑っている。

「どういう、ことですか……？」

「チッ」

問いただすルートに、オルフェンは、職人系の職種の者たちの一部が見せる、意地の悪い顔で舌を鳴らした。

言葉で言えば簡単に済むことを、いちいちこっちの態度で察しろと言わんがばかりの傲《ごう》慢《まん》な態度、説明の義務を果たすことを怠《なま》ける者が見せる顔だった。

「いいか、この船のパーティーには貴族や大富豪《だいふごう》や、高級官僚《かんりょう》の皆様方《みなさまがた》がいらっしゃってるんだ。そんな晴れの舞台に、田舎のパン屋なんてお呼びじゃねぇんだよ」

口汚《くちぎたな》く言い放つオルフェン。

「まったく、総督府の役人どもめ、いきなり部外者押し付けてきやがって。こっちは大忙《おおいそが》しだってのに！　ともかく、この厨房は俺の城だ。お前らに使わせる気はない」

彼には、おそらく自分が人として最低の行いをしている自覚などないのだろう。

特別な人間である自分の縄張《なわば》りに、ルート・ランガートなどというどこの馬の骨やらわからぬ者が入っていいなど、常識的にありえないと思っている。

その、この男なりの〝常識〟がわからない者に、何を言っても問題などないと思っているのだ。

「お前らの役目は終わったんだよ。船内で適当にひまつぶしてろ。ただし、旅客エリアやパーティー会場に近づくんじゃねぇぞ。お客様にペルフェの田舎者なんか晒《さら》すわけにはいかねぇからな。倉庫や機関室でも見学してな！」

それ以上言うことはないとばかりに、オルフェンは犬を追《お》い払《はら》うような手つきをした。

「そういう、ことか……」

絞《しぼ》りだすような声で、ルートはつぶやく。

ようやく、彼はソフィアの言っていた意味が理解できた。

自分たちはただの広告塔《こうこくとう》——否《いや》、広告塔の飾《かざ》りだったのだ。

ペルフェ総督府が欲《ほ》しかったのは、「ワイルティア人の焼くパンが、ペルフェ人に人気」という一文のみ。

それを今回の両国併合を推進するイベントに絡《から》ませ、マスコミに取材させること。

つまり、地上でのステージで、自分たちの目的は終わっていたのだ。

(美味いと言わせるどころか、食べてさえ……作らせてさえもらえないってことかよ……)

屈辱《くつじょく》であり、侮辱《ぶじょく》である。

だが、オルフェンもペルフェ総督府も、悪いなどとは毛ほども思っていないのだろう。

「場末の田舎のパン屋が、いい夢を見ただろう?」とさえ思っているのだろう。

「お、お願いします……少しでいいんです! 窯場を貸していただけませんか」

それでも、ルートはこらえ、頭を下げる。

ソフィアとの賭《か》けのこともあるが、それ以上に、作ることすら許されないというのが、
彼には苦痛に過ぎたのだ。

「はぁ～…………」

深く、深く、救いようのない者を見下すため息を、オルフェンは吐《は》いた。

「あのさぁ、俺ら仕事あんだよ、帰ってくれ」

だが、そんなルートの思いは、かけらも伝わらなかった。

「主さま、行きましょう」

スヴェンが言った。

悲壮《ひそう》さも、怒《いか》りもない。自然に、普段の彼女《かのじょ》からは考えられないくらい平淡《へいたん》な声だった。

「え……？」

今さっきまで持っていた、紅蓮《ぐれん》のような怒りの気配は消え去っている。

「スヴェン……？」

あまりにもすんなりとした声なので、ルートの方が戸惑うほどであった。

「これ以上、こちらにいましても、どうしようもございませんわ。この方々のおじゃまになってしまいますし、わたくしたちは他のところに参りましょう」

日頃、ルートをすべての中心として考え、彼に仇《あだ》なす者は鬼神《きじん》と化して排除《はいじょ》しようとする、たとえ相手が女子どもであろうが容赦《ようしゃ》しない彼女が、異常なほど冷静な態度と言えた。

「ふん」

しかし、そんなことも知らないオルフェンは、「少しは常識があるヤツもいたか」とでも言わんがばかりに鼻を鳴らした——と、その瞬間《しゅんかん》。

「あら、お鼻に汚《よご》れがついてますわよ？」

シュッと、空間を切るような、目にも留まらぬ動きでスヴェンは手刀を振るい、その鼻先にカギ状にした一本拳を叩《たた》き込《こ》んだ。

「のほ？」

マヌケな声を上げて、オルフェンは白目をむいて膝《ひざ》からくずおれた。

「りょ、料理長⁉　え、どうしたんですか⁉　料理長――――⁉」

門番気取りのコックが、血相を変えて取りすがる。

スヴェンの放った一撃は、鼻――正しくは鼻の下にある急所、「人中」と言われる部分に、痛いと感じるよりも早く衝撃《しょうげき》を叩き込み、そこから神経が束ねられている延髄《えんずい》まで貫通《かんつう》させ、一瞬《いっしゅん》で意識を失わせたのだ。

周りにいた者も、おそらく本人も、何が起こったかさえわかっていないだろう。

「さ、参りましょ」

ルートの腕《うで》を取り、スヴェンはその場を軽《かろ》やかに後にする。

「スヴェン……？」

かろうじてルートのみは、完全に見切ることはできなかったものの、「なにかした」ことは察知できていた。

「あのくらいはお許しくださいませ！　あんな豚《ぶた》ども、できれば全部ミンチにしてやりたいところですが、わたくしもこらえたのでございます！」

頬をふくらませながら、スヴェンが言った。

「あははは……まぁ、その……」

いかなる理由があれど、暴力に訴えるようなことはしたくない。

しかし、少しだけ振り返り、気を失ってマヌケな顔でよだれを垂らしているオルフェンの顔を見て、ちょっとだけ、ちょっとだけだが――

「少し……スッキリした……かな？」

そう思ってしまったのも、事実だった。

「だけど、これからどうしよう……」

スヴェンのささやかな意趣《いしゅ》返しは、少しだけルートの心を軽くしたが、それでも、現状は変わらない。

「このまま、またあの倉庫みたいなところに戻るしかないのかな」

そうやって、荷物として目的地まで運ばれ、なにもせずオーガンベルツに戻る。

あまりにも惨《みじ》めな話だった。

「あら？　主さま、ちゃんとわたくしの言ったことを聞いてくださらなかったのですか？」

「え？」

しかし、スヴェンは、そうではなかったらしい。

「誰が、〝戻る〟〝下がる〟などと具申《ぐしん》差し上げましたか。これは転戦ですわ！」

撤退《てったい》と表現するのが士気に関《かか》わる場合、時に指揮官はその言葉を使ってごまかす。

だが、スヴェンはその場しのぎで言ったのではない。

間違いなく、彼女には、この現状を打破できる妙案《みょうあん》があり、そのために相応《ふさわ》しき場所にルートを誘《さそ》おうとしていた。

だからこそ、あんな場所で、あんな愚物《ぐぶつ》共相手に時間を割《さ》いてやるのがもったいなかったのだ。

「なにを、考えているんだい……？」

「にゅふふふ、ですわ♪」

ニヤリと、スヴェンは不敵に微笑《ほほえ》んだ。


一方その頃、ルートたちのいる階とは異なる、上部客室の一室に、ソフィアはいた。

「そろそろ、現実を知る頃か」

彼女がいるのは、数ある客室の中でも、上級に位置する一部屋である。

ベッドに椅子《いす》にテーブル、ドレッサーに、専用のシャワーとトイレまで備わっている。

大きな窓からは、流れ行く雲が楽しめる。

設《しつら》えた電話機を使えば、ボーイがすぐに飲み物なりを運び、快適な空の旅を演出してく

れることだろう。

「アイツはまだわかっていないんだ……世間には、自分がクズという自覚もないクズで溢《あふ》れかえっていることが」

ソフィアは、ルートがこのパーティーに参加することを知り、即座に自身の持つコネや職権を利用し、裏事情を調べあげた。

ちょっと考えればわかりそうな話だ。

ワイルティア人とペルフェ人の確執《かくしつ》には、様々な理由がある。

ペルフェ人の、自国の誇《ほこ》り、民族的アイデンティティを奪《うば》われた怒り。

そしてワイルティア人が潜在的《せんざいてき》に持つ、ペルフェ人への差別意識。

自分たちは戦勝国であり、先進国である。

劣《おと》ったペルフェを、「子分にしてやったのだ」という思想は、根強い。

その思想はペルフェの文化風習にまでおよび、食文化とて例外ではなく見下されている。

「ワイルティア人の名の知れた料理人が、ワイルティア人とはいえ、〝ペルフェ人なんかに認められたパン屋〟を、厨房に入れると思っているのか……」

たとえ焼けたとしても、パーティー客の大半がワイルティア人の上流層だ。

彼《かれ》らが、ルートの焼いたパンを、偏見抜《へんけんぬ》きに口に入れるとは思えない。

手に取らせることすら難しいだろう。

ソフィアが、「デフェアデッド号の乗客の誰か一人でも〝美味《うま》い〟と言えば」と条件を出したのは、そういう意図であった。

「これでアイツも、気づいてくれればいいんだがな……」

パン屋への道は、人生を賭けるに値《あたい》しない。

贖罪《しょくざい》にしろ、罪滅《つみほろ》ぼしにしろ、ルートがその生を十全に活《い》かせるのは、軍だけだと。

「あ、あの……」

「ん？」

さみしげに目を細めるソフィアの背中に、一人の少女が声をかける。

「そろそろ、アタシ、行かなきゃ……です」

そこに立つ少女は使い慣れない丁寧語《ていねいご》を駆使《くし》しながら、居心地《いごこち》悪そうにしている。

「ああ、そうだったな……少し待ってくれ、ちと着替えをせねばならん」

ソフィアは少女に答えると、部屋の仕切りのカーテンを引いて、服を脱《ぬ》ぎだした。

（どうすっかな……この女軍人、隙《すき》がねーし……）

二つくくりの髪《かみ》を揺《ゆ》らしながら、少女――ミリィは、困り果てていた。

なぜミリィがここにいるのか、なぜデフェアデッド号に乗船しているのか、なぜソフィアとともにいるのか、それを知るために、しばし時間を戻す——

それは、ルートとスヴェンが、ナザレンカに向かう前日の夜の、丘《おか》の上の教会。

「あら、まだ起きていたの、ミリィ？」

年少の子たちはすでに眠《ねむ》りにつき、夜も深まった頃。

寝付《ねつ》けなくなり、礼拝堂の窓越《まどご》しに夜空を見上げていたミリィは、マレーネに声をかけられる。

「う、うん……」

なんとなく、「マズイところを見つかった」という顔をしてしまう。

別になにか悪いことをしていたわけではない。

ただ、少しだけもの思いにふけっていただけである。

ただ、その思っていることを、母親代わりであり姉も同然の彼女に、悟《さと》られたくなかったという思いはあった。

「…………ねぇ、ちょっと、お茶に付き合ってくれないかしら」

そして、そんな彼女の雰囲気《ふんいき》に気がついたのか、マレーネは微笑み、ミリィを夜のお茶会に誘った。

数カ月前の事件の後、マレーネが元テロリストの一味、という真相は、巧妙《こうみょう》に隠された。

それどころか、子どもたちの命を盾《たて》にされ、無理やり協力させられていた。だが、このままでは街が大変なことになると案じ、勇気を出して通報を行い、そのお陰《かげ》でテロリストたちは一網打尽《いちもうだじん》となった――という筋書きに書きなおされた。

そうなるよう働きかけたのはルート……シナリオを書いたのは、スヴェンである。

「彼女はテロリストの仲間になったふりをして、俺に情報を伝え、事態を打開しようとしたんです」と、オーガンベルツ近郊《きんこう》の軍基地司令に証言したのだ。

これが他の元軍人ならば信用されなかっただろうが、そこは「白銀の狼《おおかみ》」と呼ばれし男である。説得力が違った。

本来ルートは、自分の過去の威光《いこう》を使うのをいやがるのだが、マレーネやミリィ、子どもたちのためにと、あえてそれを利用した。

「どうかしら、最近やっとコツをつかめてきたのよ」

「うん、おいしいよ……本当に、上手になってる」

マレーネの淹《い》れた紅茶を口に含《ふく》み、ミリィは素直《すなお》な感想を述べた。

「やっぱ、あなたも私の紅茶美味《おい》しくないって思ってたのね……」

「えっと、そういうことじゃなくて!?」

マレーネの紅茶の淹れ方は恐ろしく下手くそで、お人好《ひとよ》しのルートでさえ、「紅茶にうるさいグレーテン人が飲んだら宣戦布告と思われる」と評したほどである。

だが、ルートもミリィも、長《なが》らく彼女を傷つけまいと、本音を言えなかったのだ。

「今までは茶葉が悪かったんだって！　かび臭《くさ》かったし！」

慌《あわ》てて取《と》り繕《つくろ》うミリィに、マレーネは答える。

「う〜ん、茶葉はちょっとだけいいのを買ったんだけどね」

テロ容疑で連座されることは免《まぬが》れたマレーネだったが、丘の上の教会は、いよいよ生活費の捻出《ねんしゅつ》に苦労することになった。

今までかろうじてやっていけたのは、「武器保管庫」として教会の建物を利用することで、テロ組織から〝協力金〟という名目で、子どもたちをなんとか食べさせられる程度の金を得ていたからだ。

だが、先の一件でそれもなくなった。

しかし、そこでちょっとした幸運が起こる。

ワイルティアの軍人や、ペルフェ総督府の役人も、無能で無情な者ばかりではない。

ルートの証言を信じた基地司令は、先の大戦でも活躍《かつやく》した叩き上げの軍人であり、公国のために勇気ある行動を起こしたマレーネを賞賛し、かつ身寄りのない子どもの面倒《めんどう》を見ていると聞いていたく感激した。

個人としても多額の献金《けんきん》をしてくれただけでなく、総督府の話のわかる役人に働きかけ、一定額の補助金を毎月支給するようにしてくれたのだ。

おかげで、丘の上の教会の子どもたちは、三食食べられるようになり、ノートや鉛筆《えんぴつ》にも困らなくなった。

そして、たまの夜更《よふ》かしをする程度のランプの油と、紅茶の茶葉を買うくらいの余裕《よゆう》が生まれたのだ。

「ねぇミリィ……前、話してたことなんだけど……覚えてる？」

二人で座って紅茶を飲みながら、マレーネが話しかける。

「あなたの、就職の話なんだけどね」

「……うん」

ミリィが、少しだけ表情を硬《かた》くした。

世間一般《いっぱん》の常識から考えて、よほど勉学に勤《いそ》しむ裕福《ゆうふく》な家でもない限り、たいていの子どもは、十五にもなればどこかしらに働きに出る。

土地によっては、十歳で奉公《ほうこう》に出されるところも珍《めずら》しくない。

ミリィの年齢《ねんれい》は十四、もうすぐ十五。

今までは年少の子たちの面倒を見なければならなかったが、その子たちも少しずつ、自分の面倒は自分で見られるようになってきた。

彼女も、この教会の孤児院《こじいん》を出る頃合《ころあ》いなのだ。

「ナザレンカって街、知ってるかしら。そこの仕立て屋さんがね、住み込みの下働きがほしいって言ってるんですって。町長さんにご紹介いただいたの」

高等教育も修めず、土地もない家の子どもが食っていけるようになるには、手に職を付けるのが最も間違いがない。

最初は下働きでも、針子になり、上手くいけばそれなりに稼《かせ》げるようになる。

もしかして店を持つことも夢ではない。

悪い話ではなかった。

「ナザレンカって、こっから遠いかな……？」

「すごく遠くはないけど、そんなに近くもないかな……朝早く出て、お昼前に到着《とうちゃく》するくらい？　汽車に乗って行かなきゃいけないわね」

しかしそれは、家族も同然のマレーネや他の子どもたちとの、別れを意味していた。

そして同時に、ミリィの〝ある気がかり〟が二度と晴れなくなることも意味していた。

「気が進まない……？」

「う、ううん！　そんなことねーよ！」

身寄りのない者が職を得るのは、思っている以上に難しい。

この働き口も、マレーネがほうぼうに掛《か》け合《あ》い、探し出してきてくれたものだろう。

それがわかっているミリィは、「いやだ」とは言えなかった。

「ねぇ、それなら、一度そのお店に行ってみない？　ナザレンカまでの汽車代くらいなら、なんとかなるから」

「え、あ、うん……」

そして、ミリィは自分の就職先候補である、「基地の街」ナザレンカの仕立て屋に向かうことになった。

このことはルートをはじめとしたトッカーブロートの関係者には言っていない。

同じ所に行くのだから、一緒《いっしょ》に行けばいいだろうに、汽車も、一本後のものに乗った。

なんとなく、彼らに知られたくなかったのだ。

しかし、初めて訪《おとず》れた街で道に迷っていたところで、いきなり飛んできた金属製のゴミ箱にぶつかって頭を打って気絶してしまう。

「これはいかん！　おい、大丈夫《だいじょうぶ》か⁉」

それはソフィアが苛立《いらだ》ち紛《まぎ》れに蹴《け》っ飛《と》ばしたものであり、責任を感じた彼女は大急ぎで医者がいる軍基地まで背負《せお》って行った。

幸いたんこぶが出来た程度の軽症《けいしょう》だったが、ソフィアは困惑《こんわく》していた。

「参ったな……もうすぐ乗船せねばならないのに、この子をほうっておくわけにもいかないし……」

その言葉に、ミリィは目の前の女軍人が、デフェアデッド号の乗客であることを知る。

あの船には、ルートも乗船している。

そう思った時には、気づけば、彼女は口を開いていた。

「アタシも、あの船に乗る予定だったんだ……です！」

「なんだと？」

口からでまかせもいいところであった。

就職先予定の店に挨拶《あいさつ》に行くので、いつもとは違う、ちゃんと洗ったよそ行きの服は着ていた。浮浪児《ふろうじ》に間違われるようなことはない。

それでも、高額で有名なデフェアデッド号のチケットを購入《こうにゅう》できるようには見えない。

しかし、偶然《ぐうぜん》は彼女に味方する。

「もしかして……船上で行われるコーラスに参加する、聖歌隊の一人なのか？」

空中パーティーでは、アマチュアの聖歌隊による、ワイルティアを称《たた》える歌をうたう、コーラスが予定されていた。

アマチュアだけに、さほど裕福でない一般家庭の子どもたちで構成されている。

「は、はい……」

「それで……さては、なんらかのトラブルで……汽車が遅延《ちえん》したとか、そんな感じで、遅《おく》れてしまったと？」

「そ、そうです」

「それでもなんとか仲間たちと合流すべくここまで来たが、乗船する方法がなく困っていたと？」

「はい、その通りです」

嘘《うそ》をついたというよりも、ソフィアが勝手にどんどん誤解していったという方が近い流れであった。

「あの中に、もう……みんな乗っちゃてる、です」

ただし、そこだけは本当だった。

「………………くっ！」

ミリィの返事を聞き終えたソフィアは、突然目頭《とつぜんめがしら》を押さえた。

「この幼さでありながら、自らの役目を果たさんと、仲間たちを裏切るまいと最後まであきらめない……その責任感！　ワイルティアの子どもはそうでなくてはならん！」

ソフィアは一人で勝手に感動していた。

（アタシ……ワイルティア人じゃなくてペルフェ人なんだけどな～……）

ツッコみかけたが、すんでのところで心に収める。

「よかろう！　私がお前をあの船に乗せてやる！　安心しろ、チケット代の一枚や二枚どうとでもなる！　任せておくがいい!!」

こうしてトントン拍子《びょうし》にソフィアに任せられ、ミリィはデフェアデッド号にやや奇妙《きみょう》な密航をすることになる。


そして時は戻《もど》る――

「もう少し待っていてくれ。着替えが終わったら、お前を仲間のところに連れて行ってやろう」

カーテンの向こうで、ソフィアは着慣れた軍服を脱ぎ、パーティー用のドレスに着替えている。

（逃《に》げるなら今、かな……）

経緯《けいい》はどうあれ、ミリィは自分の身元を偽《いつわ》り、デフェアデッド号に密航した。

このまま聖歌隊のところに連れて行かれれば、途端に嘘がバレる。

（確か、密航者って、船とかだと海に捨てられるんだよな……）

山間の街、オーガンベルツに住む彼女だが、以前何かの話で、「密航者の末路」は聞いたことがある。

今彼女が乗っているのは、空を行く飛空船である。

（まさか、この高さから捨てられるのか……！）

窓から見える景色は、すでに雲と並走する高さになっている。

乗船し、客室に向かうまでの間も、何回も逃げようとした。

しかし、ミリィにとって皮肉なことに、ソフィアは幼い同行者が広い船の中で迷子にならぬよう、常に目を離《はな》さず、しっかり手をつないでいた。

保護者としては百点満点だが、ミリィにとっては最悪だった。

着替えている今なら逃げられるかも――そう考えたところで、ゴトリと重い音を立てて、ソフィアがテーブルの上に何かを置いたのが見えた。

拳銃《けんじゅう》の入ったホルスターである。

パラベラムピストーレＭ９０８、世界最先端の技術力をほこるワイルティアが作り出した、特徴的《とくちょうてき》な装弾《そうだん》機構を持ち、近距離《きんきょり》戦での戦闘力《せんとうりょく》を高めるべく、新たに開発された9ミリ弾《だん》を採用した名銃である。

だが、そんなことはミリィは知らないし知ったことではない。

それでも、その銃から弾が出て、それが自分に当たれば、死ぬということは分かる。

(相手は軍人だもんな……いい人っぽく振《ふ》る舞《ま》ってるけど、人を殺すことに慣れてるヤツらだもんな……)

ミリィは軍人が嫌《きら》いである。嫌悪《けんお》していると言ってもいい。

軍人なんてみんな人殺しで、人を殺したくて軍隊に入ったようなヤツらだと思っている。

(でも……)

ふと、ルートの顔を思い出す。

自分のことを身を挺《てい》して守ってくれて、自分が生きていたことを心から喜んでくれた、底の抜《ぬ》けたお人好し。

あの男も、かつては軍人だった。

「ふぅ、着慣れんものに着替えるのは面倒臭《めんどうくさ》いったらないな」

「あ」

そんなことを考えているうちに、ソフィアは着替えを終え、カーテンを開ける。

しまった、逃げそこなった！

そう叫《さけ》びそうになったミリィだったが、目の前のソフィアに目を奪われてしまい、その口は呆《ほう》けたようにポカンと開き、目を見開く。

「ん？　どうした」

「きれい……」

思わず、口から出てしまった。

それくらいに、ソフィアのドレス姿は美しかった。

彼女の金色の髪に合わせたかのような、薄《うす》いイエローの光沢《こうたく》を放つ生地《きじ》は、華美《かび》な装飾《そうしょく》こそ施《ほどこ》されていないが、なればこその、素材そのものの美しさを引き立てている。

ソフィアが美人なのは軍服を着ていても変わらないが、美しい者が美しい物をまとうと、相乗的に美しさが跳《は》ね上《あ》がるということを、ミリィはこの時痛感した。

「ふん！　容姿がちょっとくらい整っていようが、戦場ではなんの意味もない」

だが、残念なことに、中身までは変わらなかった。

「美しさで戦争に勝てるのならば、戦場は美人コンテストになる！　そうでないということは意味が無いということだ」

〝天は二物を与《あた》えず〟という言葉がある。

それは、例えば容姿に優《すぐ》れた者が、他の能力に欠如《けつじょ》しているだとか、その逆だとか、そういう時に使われる言葉だ。

しかし、ソフィア・フォン・ルンテシュタットのように、二物を有していても、もう一方にまったく頓着《とんちゃく》を見せず、それこそ〝宝の持ち腐《ぐさ》れ〟にしてしまう者もいる。

「でも、すごくきれい……魔法《まほう》の国のお姫様《ひめさま》みたい……」

「む……？」

とはいえ、ソフィアも人の子である。

正面から、なんのてらいもなく、子どもにキラキラとした目で見られれば、それなりに照れくささも覚える。

「むぅ……だがな、こんなもの、大して役には立たんのだぞ？　どれだけ褒《ほ》められようが、本当に見て欲しい相手に振り向いてもらえねば、むなしいだけだ」

「振り向いて欲しい相手……？」

思わず、ミリィは言葉を繰り返した。

これだけの美人に思われていながら、目を向けない男がこの世に存在するのかと驚《おどろ》きである。

「以前な……ちょっとした機会があって、今日のようにドレスを着て、そいつの前に立ってやったことがあるのだがな……あのバカめ！　なにが『問題ありません隊長、ちゃんと女性に見えます』ってなんじゃそら!!　普段《ふだん》私をどう見ているんだアイツは!!!」

「え、え、ええええっ!?」

思い出し笑いならぬ、思い出し怒りを始めたソフィアを前に、ミリィは戸惑《とまど》う。

「あ、スマン、つい取り乱した……しかし、半分はドレスのおかげだ。〝馬子《まご》にも衣装《いしょう》〟と言うだろう？」

「そんなこと……ドレス着たら、その半分でもきれいになるなら、アタシだって着たいや……」

思わず、ミリィは漏《も》らす。

今まで、困窮《こんきゅう》した生活の中、洒落《しゃれ》っ気《け》に目覚めることなどなかった少女が、この日初めて、「きれいになりたい」という思いを口にした。

「ほう？」

ぴくりと、眉《まゆ》を動かすソフィア。

しばし、口元に指をあて、考えこむと、なにかを企《たくら》むようにニヤリと笑った。

そして、部屋に備えられていた電話機を取ると、客室係に連絡《れんらく》を取る。

「子ども向けのパーティードレスはあるか？　それと、アクセサリーや靴《くつ》も、適当なのを見繕《みつくろ》って、すぐに持ってきてくれ」

「え……？」

ミリィはわけがわからなかった。

子ども向けのドレス。ここにいるのは自分とソフィアのみで、子どもは自分だけである。

「せっかくだ。遅れついでに、少し、私と一緒にパーティーに出ないか？」

「え、そんな……!?」

貴族や大金持ちが集まるパーティーに出席するなんて、考えもしなかったし、考えたこともなかった。

「一応、立場上顔は出さねばならんのだが、一人でな……ちと面倒くさいんだよ。ここは一つ、助けると思って、な？」

「で、でも……あ、アタシ……」

自分なんかがどれだけ着飾《きかざ》っても、石にリボンをラッピングするようなもの。

それこそ、〝馬子にも衣装〟にもならないだろう。

恥《は》ずかしさというよりも、惨めさを味わいたくないという思いのほうが強かった。

「ん……そうか、無理強《むりじ》いしてもなんだな……なら、先に聖歌隊の方に送って行こう」

「う――――っ!?」

それはもっとまずかった。

（ぱ、パーティー会場なら……人も多いだろうし……逃げられる、かな……）

とにかく今は、最悪の事態を避《さ》けねばならない。

「あ、あの、その、やっぱ……で、出て……みたいかも……」

慌てて、取り繕うように言った。

「うんうん、そうだろうそうだろう。子どもが変な遠慮《えんりょ》をするんじゃないぞ？」

あからさまにうろたえた怪《あや》しい素振《そぶ》りだったにもかかわらず、ソフィアはそれを「照れくさくて遠慮した」と思い込み、快活に笑って受け流した。

そして数分後――

届けられたドレスを、ソフィアに手伝ってもらいながら着用し、今まで履《は》いたこともないヒールの高い靴や、髪飾《かみかざ》り、さらにはちょっとした化粧《けしょう》まで施された。

「子どもだから、あまり派手にしないほうがいいな……ふむ！　上出来だぞ！」

「ふ、ふぇえええ……」

かくして仕上がったミリィは、いつもの二つくくりの髪も解《と》かれ、きれいに梳《す》き直《なお》されたことで、まるで別人のようにドレスアップされた。

「なんだなんだ！　お前のほうこそよく似合うぞ？　しっかり磨《みが》けば光る珠《たま》ではないか」

　ソフィアの感想は、決してお世辞ではなかった。

「無理を言って揃《そろ》えさせた割には、そこそこ良い物を用意してくれたようだな」

　満足そうに、自分のことのように得意げな表情であった。

「あ、えっと……あの……なんでこんな……」

　対して、ミリィはとても落ち着かない風であり、困ったように目を伏《ふ》せている。

　まるでいたずら好きの妖精《ようせい》に魔法をかけられたような気分だった。

「いかんぞ～？　これからパーティーに出席するんだ。無駄《むだ》な愛嬌《あいきょう》を振りまいてやることもないが、俯《うつむ》いててはいかん！　自信を持て。大丈夫、お前は可愛《かわい》いぞ！　もっと堂々と、背筋を伸《の》ばして真《ま》っ直《す》ぐ前を見ろ」

「ふえええ……」

　快活に笑うソフィアを前に、少女——ミリィは、どうしていいかわからず、苦笑いで返した。

第四章「狂想《パーティー》の始まり」

デフェアデッド号はかつては軍船だった。

ワイルティア公国が、エウロペア大戦において制空権を握《にぎ》るために作らせた、空飛ぶ要《よう》塞《さい》としてである。

その用途《ようと》は様々あるが、特に大きな任務は「兵員輸送」である。

数百キロの距離《きょり》を、徒歩はもとより、鉄道や車両よりも疲弊させず千人近くの兵士を送り込むことができるのだ。

さらには、武器弾薬《だんやく》、糧秣《りょうまつ》、医薬品その他もろもろ、そして――猟兵機と、その操縦者も、荷の中にあった。

「えいこらどっこいせっと！」

デフェアデッド号には、上階にパーティー会場や核施設《かくしせつ》が収められた第一層、客室や食堂がある第二層があり、最下層の第三層は、倉庫として使われている。

その一角の、施錠《せじょう》されている一室の扉《とびら》を、スヴェンは勢い良く蹴り飛ばした。

がそこには、上階の設備に比べればはるかに小さいものの、ひと通りの設備が揃った厨房《ちゅうぼう》があった。

「ここは……？」

「そうか……ここがあったか！」

ようやく思い出したルートは、声を上げて手を叩いた。

「デフェアデッドがまだ軍用だった頃《ころ》に使われていた設備か……まだまるまる残ってたなんて……」

軍用から半民間用となった際、デフェアデッド号は大幅《おおはば》な改装が行われた。

兵装を解除し、夜間迷彩《めいさい》が施された外観を塗《ぬ》り替《か》え、内装も豪華《ごうか》客船並みに作り変え、一流ホテルやレストラン以上の厨房が新設されたのだ。

とはいえ、あくまで〝半〟民間用である。

いざというときには、すぐに元の状態に戻せるように、増設された部分はモジュール式になっており、比較的《ひかくてき》容易に再換装が行えるようになっている。しかし——

「厨房はガス水道が複雑に絡《から》まってますから、取り外して、また組み上げるのが難しいのです。なので、使用中止にして、封鎖《ふうさ》されていたんですわ」

喜ぶ主を前に、スヴェンはえっへんと胸を張る。

　デフェアデッド号は大きなペイロードを利用し、常時ならば粗末《そまつ》な食事を余儀《よぎ》なくされる兵士たちに、温かい食事を提供するためにも、軍用としては破格の調理施設《しせつ》が備わっていた。

　例えば、日頃乾《ひごろかん》パンばかりかじっている兵士たちのために、焼《や》きたてのパンを作る焼き窯も存在している。

「うん……十分使える！　これならいけるぞ!!」

　昔、自分も乗ったことがあるのに、なぜ今まで忘れていたのか……ルートは、己《おのれ》の迂闊《うかつ》さが恥ずかしくなった。

「なるほど、スヴェンはここに連れてこようとしたのか」

「ぬふふん、ですわ♪　使える施設があるのに、あんなわからんちんどもと押《お》し問答《もんどう》してもしょうがないでございましょ？　タイム・イズ・マネーでございますわ」

　感心するルートに、スヴェンは得意満面で答える。

「俺もこの船は乗ったことがあるけど、ここのことは忘れてたよ。スヴェンはよく覚えていたね」

「ええ、もちろんですわ」

　スヴェンが知っているのは当然である。

彼女《かのじょ》もまた、この船が軍用だったころに乗船していたのだ。

ただし、貨物として、軍用兵器として、猟兵機〝アーヴェイ〟として。

「あら……？」

ふと、ルートの言葉に違和感《いわかん》を覚え、スヴェンの笑顔《えがお》が固まる。

「さてと！　じゃあさっそく準備を始めよう！」

「え、あ、はい！　かしこまりましたですわ」

パーティーは昼夜二部構成、昼の部には間に合わなくとも、夜の部には焼きたてのパンを届けられる時間帯だった。

「では、わたくしは材料調達に行ってまいります！」

焼き窯の確保には成功し、基本的な調理器具は、「やはり使い慣れたものの方がいい」ということで、可能な限り店から持ち込んでいる。

あとは小麦粉を始めとした、材料だ。

「この最下層は倉庫でございますから、必要な物も揃っているでしょう。ぱーっと行ってぱーっとちょろまかしてきます」

上階の調理場の冷蔵庫や保管庫には、最下層の大倉庫にしまわれた各種食料品の、その日使う分を移送している形である。

この最下層には、デフェアデッド号の全《すべ》ての食料品があるのだ。

「勝手に持って行っていいのかなぁ……」

「なにをおっしゃいますやら、わたくしたちは、〝パンを焼きに来てくれ〟と頼《たの》まれてここにいるんでございますわよ？　デフェアデッド号の乗客に振る舞うパンを焼くために、デフェアデッド号の物資を使ってな～にがイケないんですのよ」

少しだけ顔を曇《くも》らせるルートに、これでもかと胸を張ってスヴェンは言い放つ。

真意はどうあれ、公式の文章に残っているのは、トッカーブロートへのパンの製作依頼《いらい》である。

そのために必要な材料を、船側は提供する義務がある。

「ま～、なんか、ついでに珍しいものがあったらせしめておきましょうか？　こんだけ失礼なことをされたんですもの。土産《みやげ》くらいはせしめてもバチあたりませんわ」

船内に積まれているのは、食料品だけではない。

上流層のお客様向けに、高級酒や高級菓子の類《たぐい》も満載《まんさい》されているのだ。

「ジェコブさんやあのシスター、それに生意気なおちびさんにも、なにかしら土産を持って帰らねばと思っていたところですわ」

「ほどほどにしておきなよ？」

「おほほほ、あのおちびさんが見たこともないような高級品をくれてやりますわ」

意気軒昂《いきけんこう》なスヴェンを前に、ルートは止めはしなかった。

善人っぷりには定評のあるルートだが、戦争中にこの船に乗っていた時に、ケチな酒保係の目を盗《ぬす》んで、菓子やら酒やらタバコやらをかすめ取ってきたこともある。

最も、大半は周りから命令されたからであって、その主な一人は、誰《だれ》あろうソフィアなのだが。

夜中にいきなり呼びつけられ、「寝酒《ねざけ》のブランデーを盗んでこい！」と命じられた。

上官命令には逆らえないのが兵隊の悲しいところで、忍《しの》びこみ盗み出し、持って行ったら、「私が飲み終わるまでそこにいろ」と言われ、あげくに「酔《よ》っ払《ぱら》ってしまった。今なら何をされても抵抗《ていこう》できない」とか言い出したので、「それではお休みになられたらいかがですか？」と言ったら——

（酒瓶《さかびん》で思いっきりぶっ叩かれたんだよなぁ……）

軍隊というのは時に理不尽《りふじん》な思いを味わうところだが、なんであそこで自分が殴《なぐ》られねばならなかったのか、未《いま》だにわからない。

普段は悪酔《わるよ》いする人ではなかっただけに、謎《なぞ》であった。

「隊長も……今ごろ上でパーティーを楽しんでいるのかなぁ」

「へーっくしょい!!」

くしゃみをするソフィア。

「ずびびっ……」

レディとしては、ややつつしみを欠いた仕草で鼻をする。

「軍人さん、風邪《かぜ》……？」

隣《となり》を歩くミリィが、心配そうに声をかける。

「いや、いたって健康体なのだが……気圧の影響《えいきょう》かな？」

ミリィとソフィアの二人は、第一階層にあるパーティールームにいた。

百人単位の収納が可能で、部屋の中央にはダンスが踊《おど》れるほどのスペースがある。

奥《おく》には楽団が演奏するステージまで備わり、天井《てんじょう》は高く、豪華なシャンデリアが吊《つ》られていた。

「は、はぇ～……」

今までの人生で見たこともない光景に、ミリィはひたすら目をパチパチさせる。

「まったく、無駄に華美に走った造りだ」

しかし、こういった場に慣れているソフィアには辟易《へきえき》としかさせないものらしく、軽く鼻を鳴らし、くだらなそうにつぶやいている。

「おや、これはルンテシュタットのお嬢様《じょうさま》！」

「このようなところでお会いできるとは光栄ですな」

「相変わらずお美しい！　天上の女神《めがみ》が迷い込んだかと思いましたよ」

ソフィアの姿を見つけ、わらわらと男たちが押し寄せてくる。

ワイルティアの貴族の子弟《してい》たちであろう、皆《みな》小ぎれいに着飾って、軽薄《けいはく》な笑《え》みを浮《う》かべている。

（なんだコイツら……）

ミリィの知る、最も近しいワイルティア人は、ルートである。

そのせいもあってか、ワイルティア人は皆ごっつい岩のような男だと思っていたフシがあるのだが、目の前に立つ男たちはどいつもこいつも軟弱《なんじゃく》で、オーガンベルツの鉱山夫たちが軽く腕《うで》を振れば、鼻先を拳《こぶし》がかすめただけで卒倒《そっとう》しそうに見えた。

「ソフィアさん、どうか私と一曲踊っていただけますかな？」

「いえ私と」

「いえいえ私と！」

HJ文庫愛読者カード

※アンケートは、あてはまる番号を○で囲み、カッコ内は具体的にご記入ください。複数回答も可です。
※アンケートにご協力いただいた方の中から、毎月抽選で10名様に、HJ文庫オリジナル図書カードを贈らせていただきます。

■ ご購入いただいた書籍名
【　　　　　　　　　　　　　　　　　　】

■ 本書の購入の決め手は何ですか
1.著者　2.イラスト　3.タイトル
4.内容紹介（あらすじ等）　5.帯のキャッチフレーズ　6.あとがき
7.その他（　　　　　　　　　　）

■ 本書の内容はいかがでしたか
《ストーリー》―― とても良かった　良かった　ふつう　良くなかった
《イラスト》―― とても良かった　良かった　ふつう　良くなかった
《キャラクター》―― とても良かった　良かった　ふつう　良くなかった

■ 本書で気に入ったキャラクターの名前と、その理由を教えて下さい
【　　　　　　　　　　　　　　　　　　】

■ 本書をどこで知りましたか
1. 書店で　2. 知人の推薦で　3. HJ日和（文庫挟み込みの冊子）で
4. HJ文庫のホームページで　5. インターネット（PC）で　6. 携帯電話で
7. 紙面広告で（書名　　　　　　　　　）

■ よく読まれる小説レーベルは何ですか
1. 電撃文庫　2. 富士見ファンタジア文庫　3. 角川スニーカー文庫
4. MF文庫J　5. ファミ通文庫　6. 集英社スーパーダッシュ文庫
7. GA文庫　8. 小学館ガガガ文庫　9. 一迅社文庫
10. 講談社ラノベ文庫　11. オーバーラップ文庫　12. ヒーロー文庫
13. アルファポリス　14. MFブックス　15. その他（　　　　　　）

■ 月に何冊ライトノベルを読まれますか
1. 1～3冊　2. 4～6冊　3. 7～10冊　4. 11冊以上

また、その中に電子書籍は含まれますか
1. ある（　　　　冊ぐらい）　2. ない

■ 本書の感想や、今後期待する展開など、ご自由にお書きください

ご協力ありがとうございました

料金受取人払郵便

代々木局承認

2351

差出有効期限
平成28年5月
31日まで
(切手不要)

郵便はがき

151-8790

211

東京都渋谷区代々木2-15-8
株式会社ホビージャパン

HJ文庫編集部

HJ文庫愛読者カード係 行

〒				－					ご住所　都道府県　区市郡

フリガナ お名前	TEL

性 別	年齢	職業	
男·女	歳	番	①小学生未満　②小学生　③中学生　④高校生 ⑤大学生　⑥専門学校生　⑦会社員　⑧公務員 ⑨自営業　⑩アルバイター　⑪その他(　　　　)

E-mail ※ 弊社からのご案内が不要な場合はチェックボックスにチェックしてください→ □
お買い上げ書店名　　　市·区·町　　　店

【個人情報保護法に基づく表記】
このアンケートにご記入いただいた個人情報は、弊社出版物、その他商品、サービス等の企画·開発の参考データとして使用させていただきます。また、当社から商品、サービス等のご案内をさせていただく場合もございます。ご案内が不要な場合はチェックボックスにチェックのうえ、ご送付ください。お預かりした個人情報は、(株) ホビージャパン内でのみ利用させていただき、事前のお知らせなく第三者に利用を許可することは一切ございません。

そんな男たちが、次々と手を伸ばしてくる。

「申し訳ありません。今日は私、同伴者《どうはんしゃ》がおりますので」

「ふえ？」

ソフィアはにっこりと、今までの「軍人」の顔でなく「貴族のご令嬢《れいじょう》」の笑顔で返すと、そばに立つミリィを引き寄せる。

「おや、そのお嬢《じょう》さんは……お付きの者ですかな？」

「従者で？」

「下女で？」

口々に尋《たず》ねる男たちに、ソフィアは予想外の返事を返した。

「いえ、娘《むすめ》です」

「「は⁉」」

（は⁉）

男たちだけではない。ミリィも驚く。

「あの……ソフィア嬢……？　えっと、あの……」

「娘……しかし、あなたは、まだ……」

「それに、その……」

戸惑い、慌てる男たち。

(何言い出してんだこの女⁉)

ソフィアの年齢は、ルートやマレーネよりも上。

出産していてもありえない話ではないかもしれないが、ミリィくらいの大きな子どもがいるのはかなり現実味がない。

「おや、なにかおかしなことが？　当家の大始祖は、十二歳の妻を娶《めと》り、翌年には第一子——当家の二代目を産んだほどです。私が子持ちでもなにもおかしくはありません」

四百年前の、初代ルンテシュタット家当主の実話である。

時代によるものもあったのだろうし、現代とは考え方が違うのでありえた話なのだろうが、それこそ、そんなことを持ちだされても困惑するばかりである。

ただし、それは一般人《いっぱんじん》の話。

「え、いや、あの……別にそういうわけでは……」

「あの、他意はなく、ですね？」

「ええっと……」

貴族のボンボンたちが、あからさまに気まずそうな顔をしている。

「ではごきげんよう」

それらも全て計算づくだったかのか、ソフィアはミリィの手を取ると、その場を離れる。

「すまんな。オマエを利用させてもらった……面倒くさいんだ、ああいう手合が」

ソフィアの実家ルンテシュタット家は、ワイルティア公国がまだルフトザンド藩国《はんこく》と呼ばれていた四百年前から続く由緒《ゆいしょ》ある家系である。

さらに加えてその美貌《びぼう》から、こういった場に出れば、嫌《いや》でも男が寄ってくる。

それが彼女にはうざったくてしょうがないのだった。

「無理ない……ですか？　アタシが、軍人さんの娘って……」

「そうでもないさ。見ただろ、あいつらの呆けた面」

先ほどソフィアが言ったように、ルンテシュタット家の初代は、幼すぎる妻を持った。

もしソフィアの〝騙《かた》り〟を「そんなバカな」と言えば、それは同時に、ソフィアの先祖を侮辱《ぶじょく》することになる。

家柄《いえがら》や権威《けんい》を重んずる貴族連中にとっては、できない話なのだ。

「じゃなくてさ……髪《かみ》の毛《け》も、眼《め》の色も違うし……顔だって似てねーですし……」

金髪《きんぱつ》と碧眼《へきがん》は別としても、ソフィアほど美人であれば、どれだけ良かったかとミリィは少しだけひねくれた気持ちになる。

その後も、次から次へと男が現れては、ミリィを前に撃墜《げきつい》されていき、最初は辟易としていた彼女も、後半は少し面白《おもしろ》くなってきた。

「なんださっきのオッサン、娘くらいの歳《とし》の差があるのに近づいてきやがって」

「いるんだあーゆーの……周りの女がみんな自分の愛人になりたがっていると錯覚《さっかく》している」

「ばっかみてー」

「ふふふ」

悪態をつくミリィを見て、ソフィアが楽しげに笑う。

「やっと敬語をやめてくれたな」

「あ……」

相手が初対面の軍人で、貴族で、緊張《きんちょう》していたミリィはずっとなれないです・ます口調で話していたが、いつの間にか、いつものしゃべり方に戻っていた。

「あ、あの、えっと……」

「気にするな、私もそのほうがいい」

ソフィアはケラケラと、上機嫌《じょうきげん》で笑っている。

（なんか、やりづれーなぁ………）

軍人嫌いのはずの自分が、いつの間にかソフィアを相手に心を許し始めていたことに、どことなく「してやられた」気分になった。

「さて、なにか食べるか？　腹が減っているだろう。それなりのものは揃えているはずだ」

そう言って彼女が顎《あご》で示した先には、ミリィにはどんな材料をどんな調理法で作ったのか想像もつかないような豪華なごちそうが並んでいる。

いい加減、現実感を喪失《そうしつ》しそうな光景だった。

「パン……あるかな？」

ふと、ミリィはつぶやく。

「ん……パンか……それなら、端の方に積まれているな」

こういったパーティー会場では、実は主食であるパンのようなものは、あまりメインにはならない。

少し小腹が減っている人向けに用意される程度のものなのだ。

置かれているのも、クロワッサンやスライスしたバタールなどのありふれたもの。

その一つを、ミリィは手に取り、口に運ぶ。

まずくはないが、特段取り立てて美味《うま》いものでもない。

（違う、これ、アイツのじゃねー……）

一口で分かった。

ルート・ランガートの焼いたパンとは、明らかに違う。

（アイツの焼いたパンは、もっと美味くて……幸せな味がする……）

あんな無愛想な強面男《こわもておとこ》が焼いているのに、なぜかトッカーブロートのパンは、優《やさ》しさに満ちている。

食べた人を笑顔にする力を持っている。

もしかして、自分が笑顔になる分まで、全部パン生地の中にねりこんでいるんじゃないかと思うくらいだ。

「オマエ、パンが好きなのか？」

じっくりと、集中してパンを味わっている彼女を見て、ソフィアが尋ねた。

「アタシのとーちゃん……パン屋だったんだ」

「なるほど！　それなら無理もないな………ん？　だった？　今は、店じまいしたのか？」

「戦争で、死んだから………」

その返事を聞いて、ソフィアの顔から、笑みが消える。

「すまん……話したくないことを、話させたな」

厳粛《げんしゅく》な顔つきで、心からの哀悼《あいとう》と反省を込めた、子ども相手だというごまかしのない、謝意が込められていた。

「いいよ別に」

しかし、ミリィは、少しだけそっけなく返す。

「お前らワイルティアの軍人が何言ってんだ」と、少しだけ皮肉の感情もこもっていた。

だが、そこまではソフィアも気づけなかったようだった。

（このねーちゃん……なんかアイツに似てるよな）

真面目《まじめ》なお人好《ひとよ》し、こちらの方がいくらかマシだが、総じて不器用な世渡《よわた》り下手。

「さて、じゃあそろそろ出るか」

気を取り直し、ソフィアはミリィの手をとって、パーティーの会場を離れ、来た廊下《ろうか》を戻る。

「あれ、そっち逆じゃないの？」

と思ったら、客室のある二階への階段ではなく、ソフィアは逆方向の道を進み始めた。

「いや、こちらで合っているぞ。さっき係員に聞いてな、聖歌隊の控室《ひかえしつ》はこっちらしい」

「あっ…………!?」

思わず、叫び声を上げそうになる。

ミリィは、自分の今の状況《じょうきょう》をすっかり忘れていた。

パーティーの人混《ひとご》みに紛《まぎ》れ逃げるつもりが、ソフィアに別の意味で「子ども扱《あつか》い」されたりして、逃げ出すことすら忘れていた。

「あ、あああ……」

汗《あせ》が、体中からにじみ出る。

激しい焦《あせ》りが、頭のなかをうめつくす。

「あ、あの……せめて……着替《きが》えなきゃ……このドレス、返さなきゃ……」

「安心しろ、それはオマエにくれてやろう。仲間たちをびっくりさせてやろうじゃないか」

ソフィアはニコニコと笑っている。

この一着も相当な高級品だろうに、躊躇《ちゅうちょ》せず言ってのけるソフィアの太っ腹さを、今は恨《うら》んだ。

「に、荷物……取りに……」

「はっはっはっ、ちゃんと係の者に届けさせるさ。それより、急がないと、出番はもうすぐだろ？」

ウソをついていたミリィは気にもしなかったが、聖歌隊がステージに立つまで、あと三十分を切っている。

好き勝手に引きずり回したように思えたソフィアだが、しっかりそこらへんは考慮《こうりょ》に入れているところが、ミリィをより追《お》い詰《つ》めていく。

時間稼《かせ》ぎはもうできない。

逃げ出す隙《すき》もない。

（いっそ、素直《すなお》に謝《あやま》るか……）

ここまでの間で、ソフィアが簡単に人の命を奪《うば》うような人間でないことは分かった。

殴られるくらいはするかもしれないが、死にはしない。

だけど――

（どうしよう……）

今は笑っているソフィアが、自分を信じきってくれているこの女軍人が、自分に失望するところを、見たくなかった。

そうしているうちに、階の端にある、一つの扉の前にたどり着く。

扉横には、「楽団員並びに聖歌隊控室」とあり、さらに下には「関係者以外立入禁止」と書かれている。

自分は関係者ではない。

こんなウソは、すぐにバレる。

「公国軍少佐《しょうさ》ソフィア・フォン・ルンテシュタットである！」

ゴンゴンと、激しくソフィアが扉を叩《たた》いた。

「あ、しまった……ついいつものクセで」

ソフィアのうっかりミスも、ミリィの耳には入ってこない。

(どうしようどうしようどうしよう……)

全身に、びっしょり汗をかいている。

「あ、あの――」

耐《た》え切れず、土壇場《どたんば》になって、ミリィは本当のことを打ち明けようとした。

ドンッ!

その声と、銃声《じゅうせい》が轟《とどろ》いたのは、ほぼ同時だった。


パンを作るには時間がかかる。

小麦をこね、生地を作り、酵母《こうぼ》を混ぜて発酵《はっこう》させなければならない。

酵母とは、食品加工に用いられる菌《きん》、微生物《びせいぶつ》である。

なにせ生き物のやることだけに、成熟するまで時間がかかるのだ。

「いい窯使ってるなぁ～、ガスと電気の力であっという間に熱されて……しかも温度調整付きだから火加減気にしなくていいなんて……」

トッカーブロートにある、薪《まき》をくべる従来型のものに比べ、はるかに利便性に長《た》けたパン焼き窯を見ながら、ルートは感嘆《かんたん》の声を上げる。

「いやいや、こっちのドウコンディショナーの方がすごいか」

だが、その隣にある機械を前に、意見を翻《ひるがえ》す。

ドゥコンディショナーとは、酵母を混ぜたパン生地を、高温で熟成させる装置である。

酵母にとって最も活動しやすい温度にすることで、熟成時間を飛躍的《ひやくてき》に早めることができるのだ。

「これがあれば、製作時間も短縮できて、生産量を上げることができるんだけどなぁ」

古《ふる》くより、「朝一番早く起きるのはパン屋」と言われている。

なにせ、クロワッサンというパンなど、とある国のパン屋が、誰もが眠《ねむ》っている夜明け前に奇襲《きしゅう》をかけようとしていた異教徒の軍勢を見つけ、大慌《おおあわ》てでそれを報《しら》せたことで危機を脱《だつ》したことを祝して作られた、なんていう話もあるくらいだ。

それくらい早朝に仕込まなければ、その日のうちにパンは作れないということなのだが、ドゥコンディショナーがあれば、そんな苦労も大幅に減る。

「ウチにもあったらなぁ〜……でも……高いんだろうなぁ。っていうか、いくらなのか想像もつかないや」

便利な機械ではあるのだが、ワイルティア全土を探してもまだ十台あるかどうかという高価な機械である。

戦争というのは不条理が支配する時代である。

その中に投入される新技術の開発のため、時に平時ではありえない予算と時間と人員が割《さ》かれる。

ドゥコンディショナーは、そんな時代でなければ、そもそも発案もされなかっただろう。

争いは何も生まない——だが、戦争はそうでもない。

ロマンチストたちには申し訳ないが、それもまた真実なのだ。

これらの技術は、民間に払《はら》い下《さ》げられ、さらなる改良、発展を経《へ》て、いずれは日常生活に欠かせないものにまでなるだろう。

だが、トッカーブロートにまで回るのに、果たして何十年かかることか……

「ただいま～、ですわ～………」

そこに、材料調達に向かったスヴェンが、大きな袋《ふくろ》を背負《せお》って戻《もど》ってきた。

すでに一回目の〝捜索《そうさく》〟は終え、小麦粉やバターや塩などの、パン作りに必須《ひっす》の品を見つけ出してきた彼女だが、もう一度「他にも使えそうなものがないか見てくる」と、再度出撃《しゅつげき》したのだ。

「ああスヴェンおかえり。ずいぶん大荷物だね」

「ええ……」

大袋《おおぶくろ》を下ろし、ゴソゴソとあさると、戦利品を並べる。

「えっと、まずはドン・ペリニョンとコニャックですわ」

豊穣《ほうじょう》の国と讃《たた》えられし、フィルバーヌが誇る美酒である。

「そして生ハムに、キャビアの缶詰《かんづめ》……」

美食に関しては右に出る者はいないと言われるスパリアの高級生ハムが塊《かたまり》で、さらに東の内海でしか取れない希少種の卵の塩漬《しおづ》けが取り出される。

「どれも、超高級品ばかりじゃないか。ここでパーティーができるくらいだ」

見たこともない品々を前に、ルートも思わず興奮する。

「あともう一つございます」

「え、まだあるの？」

スヴェンがさらに袋の中から何かを取り出す。

「時限爆弾《ばくだん》ですわ」

「へぇ～、時限爆弾…………………むうっ⁉」

あまりにも自然に目の前に出されたため、それがなんであるか頭で理解するのに数秒要したのか、気づいた途端《とたん》、ルートは声を上げた。

「これ、もう解除されてるのかい？　スヴェン」

だが、驚《おどろ》いたのはそこまでだった。

爆弾の箱の上に布をかけてベッド代わりにするような生活を送ってきたルートは、至極《しごく》冷静にそれを観察する。

「ええ、仕組み自体は簡単でしたので、あっさりと」

爆弾から伸びるコードの幾《いく》つかはすでに取り外され、タイマーと思わしき時計の表示も止まっている。

「この船、テロリストに狙《ねら》われたのか」

「みたいでございますわね」

話す内容に反して、ルートもスヴェンも至極冷静だった。

兵隊は、常に冷静な判断と的確な行動を要求されるため、徹底的《てっていてき》な現実主義者が多いのだ。

目の前の不条理にあれこれ言っても、何も変わらない。

なにか起こったら即座《そくざ》にその対処と対策を講じることから始めるのだ。

元軍人と元軍用兵器は伊達ではないのである。

「恨み買ってるからな、ワイルティアは」

「理由には事欠かない分、特定が難しいですわね」

政治的思想や、民族的思想、宗教的なものもあれば、私怨《しえん》による可能性もある。

特定は難しいが、相手のやり方はある程度推測できる。

「爆弾は、倉庫に置かれてたのかい？」

「ええ、わかりにくいようにはしてありましたけど、〝巧妙《こうみょう》〟というには程遠《ほどとお》い隠《かく》し方でしたわ」

爆弾による破壊《はかい》工作の仕方にもいろいろある。

小型で高性能、さらになんらかの品に偽装《ぎそう》したような手のこんだものは、数多《かずおお》く仕掛《しか》ければ、却《かえ》って「爆弾が仕掛けられている」ということそのものが露見《ろけん》する。

なので、そういう場合は必殺の一撃《いちげき》とも言える一台を巧妙に隠す。

しかし、この爆弾は、食材探しにうろついていたスヴェンが偶然《ぐうぜん》見つけてしまうくらいのずさんな隠し方である。

おそらく、比較的安価な爆弾をいくつも用意し、複数箇所《かしょ》に仕掛けたのだろう。

「しょうがない、この爆弾のことを隊長に知らせて、デフェアデッド号を緊急《きんきゅう》着陸させよう。そんで乗客を避難《ひなん》させて……あ！」

そこまで、兵隊の思考で考えたところで、我に返ったようにルートは思い出す。

「なんてこった！　こんな事態になったら、パーティーは中止になる！　パンを焼いても食べてるヒマなんてなくなるじゃないか！　どうしよう〜！」

「おおお落ち着いて下さいませ主さま〜！」

戦争がらみの荒事《あらごと》にならなら慣れている二人だが、ことパン屋のこととなると話は変わる。

二人揃って、見るも無様に慌《あわ》てふためき、頭を抱《かか》える。

「残念だけど、人命には替えられない……」

「賭《か》けはどうなるのでしょうか……？」

がっくりと肩《かた》を落とすルートに、スヴェンが心配そうに声をかける。

ルートの知るソフィアは、厳しく、容赦《ようしゃ》の無い上官である。

たとえいかなる理由があろうとも、果たせなかった任務の言い訳を許さない。

それを自分自身にも課している人物なのだ。

「まいったなぁ……」

兵隊の思考法では、こんな時の対処法までは導き出せない。

「ん……？」

暗澹《あんたん》とした気分になっていたルートの耳に、なにか物音が聞こえた。

音のする方を見ると、そこにある通気口の鉄格子《てつごうし》越しに、誰かがいた。

「スヴェン……俺《おれ》の後ろに……」

ルートは警戒《けいかい》しつつ、通気口にはまっている鉄格子を外した。

「……？　子ども⁉」

そこにいたのは、まだ幼い女の子だった。

着ているドレスはホコリまみれになりあちこちが破れ、ひどい有様である。

「キミは……ミリィ⁉　なんでここに！」

オーガンベルツにいるはずの少女が、いつもとは違いすぎる姿で通気口から這《は》い出《で》てきたことに、ルートは驚く。

「た、助けて……早く……大変……！」

ミリィになにがあったのか、詳《くわ》しくは分からないが、爆弾が仕掛けられていることから、この船内が危険な状況にあることは違いない。

彼女は以前にもテロリストたちに襲《おそ》われ、深い恐怖《きょうふ》を味わった。

その心の傷が癒《い》えきらないうちに、同じような恐怖を味わい、一種のパニック状態に陥《おちい》ったのだろう。

「落ち着いて、息を吸って、吐《は》いて……」

急《せ》かすのではなく、心を落ち着かせ、呼吸をゆっくり、深く吸わせる。

「何があった？　ゆっくり、落ち着いて、教えてくれ」

「はぁ……はぁ……はぁ……ぶ、武器を持ったヤツらが……たくさん……あの人は、〝トクムヘイ〟だって、言ってた……」

「特務兵、だと……？」

いずれかの機関に所属し、文字通り、正規の軍事行動とは異なる特殊《とくしゅ》な任務につく兵士たちである。

(今回のこれは……そいつらの仕業《しわざ》か……だとしたら、深刻だな)

半分シロウトのテロリストを相手にした、以前の事件よりも難易度ははるかに上がる。

「早く、助けて……死んじゃう……あの人……ソフィアが！」

「隊長が⁉」

一目見て、相手がプロかプロもどきか見分けが付くのは、その道のスペシャリストだけである。

ソフィアとミリィがなんらかの経緯《けいい》で出会い、デフェアデッド号に爆弾を仕掛けたいずこかの特務兵と遭遇《そうぐう》した。

そして、ミリィを逃《のが》し、誰かに助けを求めるように言った——ということなのだろう。

「バカな……あの隊長が……？」

「はぁ……はぁ……はぁ……ううう……」

そこまで言ったところで、ミリィは限界に達したのか、気を失った。

デフェアデッド号上層階は、混乱の極《きわ》みにあった。

現れた武装勢力の行動の速さは凄《すさ》まじく、ワイルティア軍お得意の電撃《でんげき》作戦のお株を奪うほどであった。

地獄《じごく》は、ステージ上で、楽団員たちの演奏に合わせ、アマチュアの児童楽団が合唱を始める段で起こる。

パーティーの客たちは、半ば珍妙《ちんみょう》な動物を見るような面持《おもも》ちでステージを見上げていた。

被支配者《ひしはいしゃ》たるペルフェ人が、ワイルティアを称《たた》える歌を、自分たち「ご主人様」を称える歌を歌うのだ。

これが、彼《かれ》らの優越感《ゆうえつかん》をくすぐらないわけはなかった。

だが、その期待は開幕と同時に裏切られる。

楽団員たちが持っていたのは、楽器ではなく、銃火器だった。

ファンファーレに代わって巻き起こる銃声は、一切《いっさい》の前口上なく行われた。

あまりにもいきなりの事だったため、幾人《いくにん》かは事が起こっても現実を認識《にんしき》できず、なんらかの余興かと思っているうちに頭部を撃《う》ちぬかれたくらいだ。

彼らは、楽団員に偽装した、武装集団だったのだ。

ハープ、コントラバス、チューバ、そういった大型の楽器は、楽器そのものも大きいが、それを収納するケースも大きい。

そのケースの隙間《すきま》の中に、銃火器を隠し持って入り込んだ。

銃弾《じゅうだん》に倒《たお》れた客が、無残に息絶え、血を流す肉の塊と化したところで、ようやく全員が、目の前で何が起こっているのかを理解する。

すさまじいパニックが巻き起こった。

ショックのあまり気絶する者、我先にと逃《に》げ出す者、他の者を盾《たて》にして生き延びようとする者、様々であるが、総じて冷静さを失い、まるで暴走する小動物の群れのように混乱する。

武装集団の数はそれほど多くはない。

せいぜい十人程度だっただろう。

対して会場には、百人を超《こ》す客がいたのだ。

たとえ無防備でも、一斉《いっせい》に飛びかかるなりすれば、相応の被害《ひがい》は出たであろうが、鎮圧《ちんあつ》出来ないこともなかっただろう。

だからこそ、武装集団は、そんな「冷静な判断」が出来ない状態にした。

元から彼らに、開場の客全員を拘束《こうそく》する気などない。

ここは上空数千メートルである。逃げる場所などどこにもない。

彼らが銃を取った瞬間《しゅんかん》から、蜂起《ほうき》したその時から――否《いや》、彼らの乗船を許してしまった瞬間から、乗客全てが拉致監禁《らちかんきん》されたに等しいのだ。

そして、そのパニックを引き起こすことは、次の一手のための布石だった。

デフェアデッド号の操縦室――そこは、航空機のような２シート式の「鶏小屋《コックピット》」と揶揄《やゆ》される空間ではなく、それこそ大型船舶《せんぱく》の総船室、もしくは軍艦《ぐんかん》の艦橋《かんきょう》並みの広さがあり、多くの操船スタッフが詰めていた。

「はじめまして諸君。仕事中にこのようなことを言うのは大変心苦しいのだが、我々の指揮下に入ってもらう」

その操縦室に突如《とつじょ》現れたのは、まるで時代遅れの重甲冑《じゅうかっちゅう》を纏《まと》ったような大男、特務隊の隊長ドレッドノートである。

船内に常駐《じょうちゅう》していた警備員が、パーティー会場で起こった騒《さわ》ぎに気を取られ、そこから脱出した錯乱《さくらん》する客たちの保護を優先した結果、この場所は、完全に無防備になっていた。

「な、なんだ……お前は……!?」

半民間用とはいえ、デフェアデッド号の操船スタッフは、ほとんどがワイルティア軍からの出向組……つまり、軍人である。

「指揮下……だと！　この船をどうするつもりだ！」

現れた異様な風体《ふうてい》の男に、船長は毅然《きぜん》として応じた。

「安心し給《たま》え、別に奪うつもりも、航路を変更《へんこう》させるつもりもない。このまま、ペルフェ旧首都であるポナパラスに向かってくれ。そこで――」

兜《かぶと》のバイザーを下ろしたドレッドノートの表情は、船長を始めとした船員たちには判断がつかなかったが、その声は、驚くほど穏《おだ》やかで、紳士的《しんしてき》でさえあった。

「この船には轟沈《ごうちん》してもらう。可能な限り無残に、今後百年に渡《わた》って、飛空船が忌《い》むべきものとして語《かた》り継《つ》がれるほどの大惨事《だいさんじ》を起こしていただきたい」

だが、その口から出てきた言葉は、穏やかさの欠片《かけら》もなかった。

「ふざけるな!!」

船長は、素早《すばや》く腰《こし》の拳銃《けんじゅう》を引《ひ》き抜《ぬ》いた。

多くの人命に関《かか》わる操縦席においては、銃器《じゅうき》の持ち込みは大きく制限される。

ただし最大の保安要員であり、安全義務の責任を負う船長には、万が一の際には、「甚《じん》大《だい》な被害を及《およ》ぼす可能性の排除《はいじょ》」も考慮された上で、拳銃の携帯《けいたい》が許されているのだ。

が——

「え……？」

次の瞬間、船長は自分が何をされたのかもわからないまま、息絶えた。

「残念だ」

一見鈍重《どんじゅう》に見える巨体《きょたい》のドレッドノートが、船長が銃をホルスターから引き抜き、銃口《じゅうこう》を向けるよりも速く接近し、その金属製の太い腕で、力任せに殴《なぐ》りつけた。

それだけで、船長の首から上がなくなったのだ。

「有《あ》り体《てい》な表現だが……無《む》駄《だ》な抵抗《ていこう》はやめたまえ。見苦しいぞ」

拳から垂れる血を、どこから取り出したのかハンカチで拭《ふ》き取《と》りながら、ドレッドノートはあくまでも穏やかに、紳士的とも言える口調で告げた。

かくして、ワイルティア公国の天空の覇者《はしゃ》とさえ呼ばれたデフェアデッド号は、ドレッドノートら特務隊に制圧されてしまった。

一刻も早く向かわねばと走るが、その間の第二層である客室フロアは、大混乱となっていた。

上で起きた騒ぎを知ったルートは、気絶したミリィをスヴェンに任せ、上階を目指した。

「なんだこりゃ……!?」

「なんだなんだ、なにがあったんだ!?」

「助けてくれ! 上は死体の山だ!」

「どうなってんだよ、こっちは高い金払ってるんだぞ!!」

パーティー会場から脱出した者が、錯乱状態で知らせた上層階での騒ぎは、情報不足も

あって他の客たちにまでパニックを伝播《でんぱ》させ、暴動寸前になっていた。

この事態を収拾《しゅうしゅう》するのに、五十人程度の乗員では不可能だろう。

しかも、船ルートは知らないが、船長はすでに亡《な》く、操縦室とも連絡《れんらく》が取れないのだ。

「そういうことか……うまいことやる」

ルートは、その光景から、船を占拠《せんきょ》した者たちの思惑《おもわく》を洞察《どうさつ》する。

通常、なんらかの施設《しせつ》を占拠したならば、人質《ひとじち》たちに騒がれないように、監視役《かんしやく》として

人員を割かねばならない。

しかし、これだけ巨大《きょだい》な船にくまなく配備する兵力を紛れ込ませることは不可能だ。

（要所だけを確実に押さえたか……多分、すでに操縦室は奪われた後だな）

あからさまな騒ぎを起こし、客たちをパニックに陥らせ、勝手に暴れさせる。

航空機の占領《せんりょう》というよりも、少数で行う城攻《せ》めに近い方法だ。

（敵の眼中にあるのは、操縦室くらいか……あと、最低限の人質と、警備員の始末。そのために第一層だけを占拠した……ってことか）

たとえ目の前の群衆を押《お》しのけたとしても、階段は物理的に封鎖《ふうさ》され、エレベーターも破壊されている恐《おそ》れがある。

「となると……そうだ！」

妙案《みょうあん》を思いついたルートは、人混みをかき分け、第二層の船首側にある施設――数時間前に追い払われた、厨房《ちゅうぼう》に向かった。

「いったいぜんたいこりゃどういうことなんだ！」

「私だってわかりませんよ！」

食堂厨房、そこではスヴェンの一撃から回復し目を覚ましたオルフェンと、給仕長《きゅうじちょう》が口論していた。

上階で起きた騒ぎには彼らも気づいたらしいが、さりとてどうしていいのかわからない。

人を怒鳴《どな》りつけることで、パニックに陥っていないふりをしているだけなのだろう。

「な、なんだオマエ、うわあああっ！」

そこに、扉《とびら》を見張っていた見習いコックを押しのけ、ルートが入ってきた。

「お、お前は、さっきのパン屋……な、なんのつもりだ⁉」

取り乱すオルフェン、現れたルートは、災害非常時用の斧《おの》を持っていた。

「まさか……さっきの仕返しに……待て、話せば分かる！」

自分が仕返しされる程度のことをしている自覚はあったのか、蒼白《そうはく》になって命乞《いのちご》いするオルフェン。

なにせ、目の前に顔に傷持ちの筋肉質な大男が、斧を持って迫《せま》ってくるのだ。

パニック状態の彼は、漏《も》らさんばかりに恐怖している。

が、ルートの目的は、もちろんそんなことではない。

「やっぱり、あった！」

厨房の奥《おく》に備えられた、出来上がった料理を上階に運ぶための小型エレベーター。

人間が乗ることは出来ないが、シャフト自体は、ルートぐらいの体格でも上に昇《のぼ》れる程度のスペースはあるだろう。

「そぉーれ！」

斧を振《ふ》り上《あ》げ、力任せに扉を砕《くだ》き、中の荷台の留め金も叩き砕く。

乱暴なやり方だが、非常時なので目をつぶって欲《ほ》しい。

（あとで弁償《べんしょう》しろとか言わないでほしいなぁ）

数分経《た》たずして、入り口が出来上がった。

「さてと……あ、お騒がせしました」

今さら、後ろでオルフェンが震《ふる》えていることに気がついたルートは、軽くお辞儀《じぎ》をすると、シャフトに潜《もぐ》り込み、上層階へ向かった。

その頃《ころ》、最下層、旧厨房では——

「う〜ん…………………!!」

ルートに留守番を命じられたスヴェンが、不機嫌《ふきげん》な顔で唸《うな》っていた。

（参りましたわね〜……）

彼女《かのじょ》の全《すべ》てにおける最優先事項《じこう》はルートである。

彼を守ることが出来ないのは、この上ない苦しみだった。

さりとて、それを命じたのがルートなのだから、逆らえない。

「全くこの小娘《こむすめ》は、手間をかけさせやがりますわね」

未《いま》だに目を覚まさないミリィを横目に、ポツリとつぶやく。

正直、動けないのは、「ルートの命令」だから、というだけでもなかった。

ミリィをほうっておくということが出来なかったのだ。

ルートに比べれば優先順位ははるかに下がるが、以前のように殺意を抱《いだ》いてはいない。

可愛《かわい》げがないと思っているのは変わらないが、不安のあまり、気を失いながらも、溺《おぼ》れるようにもがく彼女の手を、握《にぎ》り返してやる程度には、思ってやっている。

「あ～もう、面倒《めんどう》くさいですわね」

ぶつぶつと、そんな自分でも理解できない感覚に苛立《いらだ》ち、ブツブツとつぶやきながら、気分を紛れさせようと、現状を再確認する。

上階をなんらかの武装集団、しかも正規の軍事組織に属する特務部隊が占拠した。

おそらく、数はそれほど多くないだろう。

(警備員たちは何をしてましたの？　ここまであっさりと奪われるなんて)

少数ではあるが、万一の事態に備え、銃器の使用も前提とした者たちがいたはずだ。

さらに言えば、ソフィアもいた。

ミリィの口ぶりでは、すでにやられたらしいが、歴戦の強者《つわもの》たる彼女が、そう簡単にやられたというのも納得《なっとく》いかない。

（ルンテシュタット少佐が勝てないほどの相手がいる……？　もしくは……戦えない相手がいた……？）

スヴェンが思考を重ねていると、小さなうめき声を上げて、ミリィが意識を取り戻す。

「ん、……あ……ここ、どこ!?」

「ご安心なさいな、まだお空の上ですから」

素早く握っていた手を離《はな》し、少し皮肉げに答える。

「アイツは……どこ行ったの？」

首を振り、周囲を見渡し、ルートがいないことに気づいたらしい。

「主さまは、あなたから異変を聞いて、上に向かいましたわ」

「ダメ！」

その返答を聞いたミリィは、悲痛な声で叫《さけ》んだ。

「な、なんですのよ一体？」

「ダメなの……アイツじゃ……殺される……！」

「殺されるって……何を言ってますのよ、あなたごときの小娘が」

ルートは強い。

日頃《ひごろ》の善人っぷりで、「ウドの大木」扱いされることが多いが、彼は猟兵機のパイロットとしても、白兵戦の巧手《こうしゅ》としても、かなりの領域にいる。

現在暴れている武装集団は、それこそ以前オーガンベルツで騒ぎを起こしたペルフェ解放同盟なる半分シロウトの集団よりは練達の兵であろうが、遅れを取る彼ではない。

ルートがどれだけ強いか、知りもしないくせに――スヴェンはそう思ったところで、はっと、もう一つの事実に気づいた。

「まさか……」

ルートは強い。

しかし、彼は底抜《そこぬ》けにお人好しであり、善人である。

たとえ自分を殺そうとしたテロリストでさえ、見知った顔のシスターであれば、途端に隙を突《つ》かれた。

ましてや――

「なんてこと！」

戦術においてもっとも重要なものは、「適材適所」の徹底《てってい》である。

その者が持つ長所を、最も活《い》かせる場所に配置すること。

そして、その者が持つ短所が、最も現れない場所に配置すること。

スヴェンは、最愛の主を、彼の弱点が最も如実《にょじつ》に現れる場所に送り出してしまった自分に、激しい怒《いか》りを覚えた。

デフェアデッド号の操縦室――船長を見せしめとして始末したことで、他の乗員たちの反抗《はんこう》の兆《きざ》しはなくなった。

要求に従い、チャンスを待とうとしているのだ。

定期通信が途絶《とだ》えたことで地上が異変に気づくかもしれないし、警備員たちが現在も交戦中で、ここに救援《きゅうえん》に現れるかもしれない。

どれも希望的な憶測《おくそく》でしかないが、確実なのは、逆らえば殺されるという事実である。

「大尉殿《たいいどの》、お疲《つか》れ様《さま》です」

軽薄《けいはく》な口調で、操縦室にあらたな、招かれざる客が訪《おとず》れる。

ゆったりとした、白の法衣《ほうえ》を身にまとった優男《やさおとこ》、ドレッドノートの部下、サザーランドである。

「第一層の制圧は完了《かんりょう》しました。残っている者はパーティー会場に拘束……下の階に多くが逃げたみたいですが、階段やエレベーターは封鎖しているので、問題ないでしょう」

サザーランドの任務は、楽団のリーダーに偽装しての、同じく偽装した兵士たちの指揮。

「何人か抵抗したヤツらもいましたがね？　全員殺しました…いやはや、あいつらの効果はなかなかのものですよ。ワイルティアの軍人さんってのは、みんな騎士道《きしどう》精神旺盛《おうせい》なので……ちょろい」

くくくっと、嘲笑《あざわら》いを浮《う》かべるサザーランド。

顔だけ見ると、温和で誠実な聖職者然とした造りだけに、落差が凄まじかった。

「ここは俺たちに任せて下さい。大尉殿」

サザーランドは配下の兵たちを手招きし操縦室に入れる。

ドレッドノートには、もう一つ制圧に向かわねばならない場所があるため、持ち場の交代、それが、彼がこの場に来た理由だった。

「待て、サザーランド准尉《じゅんい》……会場は、彼らだけに任せたのか？」

移動しようとする寸前、立ち止まり、ドレッドノートは問いただした。

「よくお気づきで……」

サザーランドは、わずかに不愉快《ふゆかい》そうに顔を歪《ゆが》める。

部下たちの死を嫌《きら》うドレッドノートなればこそ、常に兵たちの数は確認する。

楽団員に偽装した特務兵十人は、全員この場に移動していた。

「ええ、問題ないでしょう。むしろ喜んでましたよ？　恨《うら》み骨髄《こつずい》のワイルティア人を好きなだけ殺せるんですから」

「…………………」

「なにか？　問題でも？　任務達成のためには、この場所の死守は絶対でしょう？」

バイザー越《ご》しに、わずかに責めるような目を向けたドレッドノートだったが、サザーランドはからかうような口調で、肩をすくめる。

「いや、いい」

咎《とが》めるようなことはせず、そのままドレッドノートは操縦室を後にした。

「はっ……めんどくせぇオッサンだ」

いなくなった途端、サザーランドは上官であり指揮官であるドレッドノートに悪態を吐《つ》く。

「人のことをとやかく言える立場かっての、自分が殺したかったたって言うんなら可愛げもあるけどよ……これだから、バケモノは。お前らもそう思うだろ？」

なんと答えていいかわからず、無言で返す兵士たちに問いかけながら、端《はし》に置かれた首のなくなった船長の亡骸《なきがら》を蹴《け》り飛《と》ばした。

第五章「ヒキョウモノ《弱者》の末路」

第一層に辿《たど》り着《つ》いたルートは、用心しつつパーティー会場を目指した。

その途中《とちゅう》で、廊下《ろうか》のあちこちに、無残に横たわるいくつもの死体を見つける。

「くっ……」

死体の臭《にお》い——腐臭《ふしゅう》とは異なる、人の命の無くなった肉の塊が漂《ただよ》わせる、『死の香《かお》り』とでも言うべきものに、思わず眉《まゆ》をひそめる。

その中の多くは、警備員の制服をまとっていた。

「武装集団と交戦したのか？　しかし……」

周囲を見渡すが、跳弾《ちょうだん》の跡《あと》は少ない。

ろくに戦いもせずに、一方的にやられたということだ。

死体を、そっと、丁寧《ていねい》に確認する。

（背中から撃たれている……？　しかも、口径が小さい……）

軍が標準で使う9ミリ弾頭《だんとう》でも、さらに以前にあった7ミリ弾頭でもない。

まるで、女性が使う護身用のデリンジャーで撃たれたような跡だ。

（こんなもの、よほど近くから撃たれなければ、致命傷《ちめいしょう》にはならないぞ）

サービススタッフは別としても、警備員たちも、軍から出向の兵士たちだ。

それがこうもあっさりやられたことに、ルートは疑問を抱く。

なおも、少しずつ、音を立てないように歩く。

廊下には起毛のじゅうたんが敷《し》かれている。

さほど気を遣《つか》わなくとも、音は立てずにすんだ。

壁《かべ》にはられた案内図を確認する。

（あの角の向こうは展望サロンか……パーティーホールはこの先）

慌てず、それでいて無駄のない動きで、全方位に注意を向けながら進むと、ようやく、会場の扉が見えてきた。

だが、その脇《わき》に、人影《ひとかげ》があった。

「だ、誰《だれ》……ですか……!?」

子どもが一人、うずくまり、震えている。

「大丈夫《だいじょうぶ》、俺は敵じゃない。こっちの騒ぎを聞いてね、助けに来たんだ」

可能な限り、相手を怯《おび》えさせないように気を遣って、声をかける。

「た、助けて！　楽団の大人たちが……僕《ぼく》たち、知らなくて！　いきなり今日になって知らない人たちが来て!!」

子どもは、ジェコブと同じか、それよりも年下の少年だった。

着ているのは、古《ふる》めかしい修道士見習いのような法衣。

「聖歌隊の子か？」

事前に聞いた、パーティーでのイベントの一つに、アマチュア聖歌隊の合唱があったことを、ルートは思い出す。

「そうか、演奏する楽団の大人たちに化けて、兵士たちが紛《まぎ》れ込んだんだな？」

「…………！」

少年は、ぶんぶんと首を縦に振り、肯定《こうてい》の意思を示す。

「会場内には？　もう怖《こわ》いヤツらはいないのかい？」

「みんな、どっか行ったみたい……でも僕怖くて……腰抜《こしぬ》けちゃって……」

潜入《せんにゅう》した兵士たちが少数というルートの予想が正しければ、逃げようもない人質たちに人員を割《さ》くわけにもいかなかったのだろう。

「そっか……中には、まだ無事な人たちがいるのかい？」

「うん、僕の友だちや……貴族の人たちが……でも、死体もいっぱいで、怖くて……

幼い子どもからすれば、惨劇《さんげき》のあった場所、苦悶《くもん》の表情を浮かべて倒れている死体は、それだけで恐怖の対象なのだろう。

「わかった。じゃあ、俺と一緒《いっしょ》に中に入ろうか？　それなら怖くないだろ？」

「う、うん……」

少年が震えながら頷《うなず》くのを確認すると、ルートは彼を背後に、用心しつつ中に入る。

「ひっ……！」

会場内から、押し殺した悲鳴が聞こえる。

また誰か、凶悪《きょうあく》な賊徒《ぞくと》が入り込んだと思ったのか、生き残り、会場の真ん中に集まっていたパーティーの参加客が、声を上げたのだ。

怯える顔で自分を見ている彼らの顔の中から、ソフィアを捜す。

人混《ひとご》みの手前、床《ゆか》の上に、打ち捨てられるように転がっているソフィアの姿があった。

いつもと違うドレス姿だが、間違《まちが》いなく彼女だ。

「隊長！」

声を上げると、それまで意識を朦朧《もうろう》とさせていたと思われるソフィアは、小さなうめき声を上げ、目を開き、ルートを見る。

――いや、彼女が見ていたのは、その後ろだった。

「大尉《たいい》、バカモノ！　敵は後ろだ！」

その声が上がるよりも速く、ルートの背後に立っていた少年が、修道服の中から、小型の拳銃を取り出し、ルートの背中向けて銃口を向ける。

「死ね、ワイルティア人！」

引き金が引かれる直前、ルートは振り返る。

その顔は、驚《おどろ》きに満ちて……はいなかった。

現実を把握《はあく》できていないのではない。

むしろ、全て承知の上という顔だった。

「知ってたよ」

その一言を返すよりも速く、少年の銃を持つ手を取り、腕ごと天井《てんじょう》に向けさせる。

銃声《じゅうせい》――しかし放たれた弾丸《だんがん》は誰にも当たらず、ぶら下がるシャンデリアへと当たり、いくらかのガラス片を舞い散らせるに終わる。

「くそっ、バレたか！」

声は、少年のものではなかった。

周りの、無造作に押しのけられたように置かれたテーブルや椅子《いす》の陰《かげ》から、少年とさほど変わらぬ年頃《としごろ》の子どもたちが現れ、同じく小型拳銃をルートに向ける。

「トモダチごと撃つのか！」

ルートの手は、まだ銃ごと少年の手を握りしめている。

たとえ大人でも、彼の握力から逃れることは難しいだろう。

「くそっ……ワイルティア人め！」

「卑怯《ひきよう》な手を使いやがって！」

自分たちの行動は棚に上げ、口々にルートをなじる。

「大尉……？　お前、なんでわかった……？」

脚に銃創を負ったソフィアが、痛みも忘れ、ぽかんとした顔で問う。

「忘れたんですか隊長。俺も同じような境遇《きようぐう》の出身なんですよ」

ルートは、十になるかならないかのころには第三種兵士として徴用され、軍事教練を受けていた。

その際に、教官に拳《こぶし》と共に叩《たた》きこまれた教えがある。

「お前たちは力が弱い。体力がない。だが、お前たちでなければ持っていない武器がある」

それが、〝子どもである〟ということ。

どんな者でも、相手が子どもならば、どうしても油断する。

それは古参兵でも変わらない。

むしろ、考えるよりも先に、積み上げた経験を元に体を動かすようになった者ほど、反射的に子どもを非戦闘員と認識してしまい、銃口を上げてしまう。

後ろから撃たれた死体、反動が小さい子どもでも扱える口径の小さな弾丸による銃痕、材料は揃《そろ》いすぎていた。

それになにより――

「あと、俺の顔、初対面で見て、怖がらない子どもって……ありえないんですよ」

「あ……なるほど……」

歳《とし》こそ離れているが、対等の友人として付き合っている少年ジェコブをしても、「初めて見た時は殺されるか食われるかと思った」と語るほどのルートの強面《こわもて》である。

こんな状況《じょうきょう》下で目にすれば、先のオルフェンのように、殺しに来たと思って錯乱するのが、常識的なリアクションなのだ。

「ワイルティア兵め！　一般人《いっぱんじん》に変装して来るなんて、お前らはホントに卑劣《ひれつ》だな！」

ルートに手を掴《つか》まれている少年が、先程《さきほど》までとは打って変わった粗野な口調で叫ぶ。

「いや、これ……仕事着……パン屋なんだけど、俺……」

彼らは、ルートが軍人であり、パン屋の作業着を着て油断させようとしたと思っているのだろう。

「ざけんな！　そんな人殺しみたいな面したパン屋がいるか！」

少しだけ、ルートは泣きたくなった。

「もうやめろ。お前らの優位は、『まさか子どもが襲ってくるなんて』という相手の隙《すき》を突けるところだ。それが崩れた以上、もう勝ち目はない」

たとえ武装してようが、人質が山といようが、ルート一人と、子ども十人ちょっとでは、戦力的に山のような差がある。

しかも、うち一人は人質に取られたようなものなのだ。

「ふざけんな……お前らなんかに、誰が負けるか……」

少年は、ルートにではなく、自分自身に言い聞かせるようにつぶやく。

「――――！」

瞬間、ルートは危険を察知する。

こういう言葉を放つ時、人は自分の命を捨てようとしている。

「みんな！　俺《おれ》に構わずコイツを撃て！　撃ち殺せ!!」

どうすべきか迷っていた少年たちは、その言葉につられて、再び銃口を向ける。

彼らの腕で、ルートだけを狙って倒すなど不可能である。

「待て！　わかった。この子は解放する。撃つならそれからにしろ！」

ルートは、少年だけでも的にすまいと叫ぶ。

その瞬間――突如、会場の通気口から白い煙が上がった。

「ガス⁉」

何かが燃えたことによる煙ではない。

さりとて、なにかのガスでもない。

一面全てが白で覆われた中、ルートは、鼻に感じる甘《あま》い匂《にお》いに気づく。

「これは……ベーキングパウダー……？」

パンや洋菓子に使われる、ふくらし粉の一種である。

当たり前だが有害なものではない。

口に入れても鼻に入れても死ぬことはない。しかし――

「撃つな――!!!　撃てば死ぬぞ!!!」

粉じん爆発《ばくはつ》――微小な可燃物資が充満《じゅうまん》した空間では、僅《わず》かな火花がすさまじい勢いで酸素と反応し、爆発が起こる。

鉱山などでも起こる現象だが、ヘタすれば数百人単位での死者が出る。

「え……⁉」

「な、なんだって……⁉」

視界が塞がれた状態でのルートの叫びに、少年兵たちの間に動揺《どうよう》が走る。

そして、その動揺を狙っていた者が、獣よりもなお速く、会場内に駆け込んだ。

「なんだ……！」

「うわぁっ!!」

白一色の世界の中で、次々と上がる少年兵たちの叫び。

人間ならば何も見えない状況で、人間とは異なる視力を持つ者が、次々と彼《かれ》らの銃を奪い、戦闘能力を消し去っていく。

一分もかからずして、煙を探知した船内の緊急《きんきゅう》時自動排煙システムが作動し、空中を舞《ま》うベーキングパウダーが排出されていく。

晴れていく視界の中、立っていたのは、日頃の銀髪《ぎんぱつ》を黒く染めた、ウェイトレス姿の少女だった。

「使い古された方法でございますが、だからこそ失敗がない、ですわ」

片手に掴んだ小型拳銃を三ついっぺんに握りつぶしながら、満面の笑《え》みを見せる、スヴェンがそこにいた。

「キサマは……あの時の女……！」

一目見て、先の一件を思い出したのか、ソフィアは怒りを込めた目で睨《にら》みつけようとするが、助けられた事も確かなので、なんとも整理の付かない表情になっている。

「ご無事でございましたか、主さま」

「スヴェン……なんでここに？　下にいたんじゃないのかい？」

「ご安心ください。ちびがき——もといミリィさんとは一緒に来ましたので」

彼女は今、パーティー会場となりの、空調室にいる。

スヴェンの策を実行すべく、ベーキングパウダーを通気口からまき散らす役を請け負ったのだ。

「ミリィさんから少年兵のことを聞きまして……ご助勢に駆けつけたのですが、主さまもそこまで隙をお見せにはならなかったようで……？」

相手が少年兵では、温厚《おんこう》なルートでは、マレーネと同様の事態になると思ったのだ。

「まぁ、ね……」

少しだけ、ルートは寂しそうな顔をした。

彼が少年兵たちの思惑に乗らなかったのは、自分自身が彼らと同じ側の経験を持っていたからだ。

思い出したくもない過去が、今の自分を救った皮肉な話であった。

「主さま……」

スヴェンが知るルートは、〝アーヴェイ〟として出会った、猟兵機のパイロットになった後の姿である。

「さて……ではこのお子様どもはどういたしましょうかねぇ……」

正規の軍人となった後でさえ、語るのをためらう過去を思い出させた少年兵たちに、スヴェンの怒りは、かなりの大きさとなっていた。

「こ……殺すなら殺せ！　俺たちはお前らワイルティアのクズ共になんて屈しない！」

「そうだ！」

武器を奪《うば》われてなお、彼らはおとなしく降伏するという選択肢を選ぼうとはしなかった。

「あ、そう」

彼らに対して、スヴェンは至極《しごく》、くだらないものを見る目で答える。

「え……？」

意気をくじかれ、戸惑《とまど》う少年兵たち。

「別に構いませんわよ。どのみちあなた方の末路は決まってます」

スヴェンは片手で彼らから奪い取った小型拳銃を握り潰し、砕き散らしながら、ゆっくりとひとりひとりの顔を見る。

「レジスタンス、パルチザン、ゲリラ……まぁいろいろな言い方はございますけど、要は非正規部隊……もっと言えば、軍隊として認められていない者たちなわけですわ」

砕け散った部品を、乱雑に床に落としていく。

カチンカチンという金属音が、目の前のスヴェンを、一層不気味にしていく。

「兵隊同士の戦いでは、国際法というのがございますわ。捕虜への不当な扱《あつか》いは、罰せられます。表向きは……」

言外に、「誰も見ていないところではその限りではない」と含《ふく》ませる。

「ですが、あなた方はそうではないのです。どのようなご立派な思想信条をお持ちか知ったこっちゃございませんが、ただの、武器を持って暴れまわる集団でしかない、というのが法律上の解釈《かいしゃく》です。これがどういうことか、お分かりですか？」

スヴェンの目を、少年兵たちはまともに見返そうとしない。

表向きは可憐《かれん》な少女、しかしその奥にあるドス黒いなにかを、彼らは察したのだろう。

ある者は目を伏せ、ある者は目をそらし、ある者はまぶたを細める。

そんな中、一人だけ、必死に睨み返す者がいる。

ルートに最初に襲いかかった、あの少年である。

（コイツか……）

彼が屈しないのは、勇気でも信念でもない。

おそらく彼が、この少年兵たちの指揮官的立場なのだ。

立場上の義務感と、部下たちの前で格好の悪い姿を見せたくないという意地が、彼に屈服をためらわせたにすぎない。

（コイツを折れば、全員が折れる）

スヴェンは、少年の目をじっと見つめる。

笑顔で、ただし、憐《あわ》れな動物を見るような目で。

「ご立派ですわよね。あなた方の飼い主が一体どのような方が存じ上げませんが、自ら、使い捨ての道具になることを望むだなんて」

「道具だと……違う、俺たちは――」

「聞いていませんでしたの？　あなた方は負けたら即座《そくざ》に〝死〟以外選択肢がないのですわよ？　戦場において、非正規の部隊が暴れまわっていたら、混乱を生じさせる前に殺します。それが常識です」

スヴェンの言っていることは、ただの脅《おど》しではなかった。

戦争はただの殺し合いの場ではない。

破られがちであり、努力目標に等しいところもあるが、最低限のルールというものが存在する。

その中には、「民間人に偽装《ぎそう》して破壊《はかい》活動を行う」、すなわち、彼らがしでかしたような行為《こうい》は厳重に禁止されている。

「卑怯だから」というわけではない。

そんなことをされれば、誰が兵士で誰が民間人かわからなくなるので、両方殺さなければいけなくなるからだ。

したがって、そのような行為を、それこそ非正規部隊が行えば、判明次第、殺処分が、〝常識〟なのだ。

「あなた方の飼い主さんたちは……正規の軍人なのでしょうね。こんなこと知らないわけはなかったでしょうに、それを行った……あらあら、もしかして、自分たちが道具だって自覚、なかったんですの？」

「違う……俺たちは……でも、違う……」

少年は、揺れ始めていた。

「……………………」

スヴェンの脅しを、ルートはあえて見逃《みのが》す。

彼女の殺意は本物だったが、実行する気がないというのはわかっていたし、なにより、スヴェンが彼らに語ったことは、全て本当だからだ。

それを、ルートは実体験で知っている。

「ねぇ、後ろ……見えます？　あなた方が捕らえていた、クズ共なワイルティア人の大人たち……彼らを解放し、あなた方を拘束《こうそく》したら、どうするでしょうねぇ……」

「………………！」

少年の目が、周囲にめぐらされる。

パーティー会場に武器はない。

しかし、肉を切るためのナイフや、突き刺すためのフォークはある。

「念の為《ため》に言っておきますけど……〝子どもだから〟って理由で、もう誰もあなた方を許しませんよ？　だってそうでしょう。弱さを武器に戦いを挑《いど》んだのでしょう？　なら、敗北したら、その武器はもう使えない」

法を破った戦い方をするということは、法からの庇護を捨てるに等しい。

それは同時に、殺されても、罪にならない存在に自分を貶《おとし》めるということにほかならない。

「ひっ……………ひぃ………」

自分たちが道具だったこと、残される末路がなぶり殺しであるということ、自分が賭《か》けた命が無駄《むだ》になったこと……それらの事実は、少年の心に無数のヒビを入れていく。

「では、どちらからがよろしいですか？」

ぐいっと、スヴェンは目と鼻の先にまで、顔を近づける。

「ど、どちら………？」

「えぐられる目はどっちからがいいかと聞いているのだ」

「ひぎっ………⁉」

戦術の基礎《きそ》は「適材適所」。

スヴェンは、優しすぎるルートでは、彼らの相手はできないと思っていた。

実際は、ある程度対抗できるくらいの強《したた》かさは持っていたのだが、それでも、傷つかなかったわけではない。

彼らの相手が「適所」であったわけではない。

なぜなら、ルートは決して彼らを殺せないから。

だが、スヴェンならできる。

愛する主を傷つけようとした者、苦しませた者、思いを踏みにじった者。

それらを、老若男女の区別なく、一切合財《いっさい》を塵芥《ちりあくた》にできる。

「い、いやだあああっ、助けて！　助けてぇえええええ‼」

純粋《じゅんすい》にして濃縮された殺意の塊《かたまり》を叩きつけられ、少年は悲鳴を上げ泣き叫んだ。

数分後――

ミリィが空調室から移動し、パーティー会場に現れた。

「終わった、の……？」

ベーキングパウダーまみれの顔で、恐《おそ》る恐る覗《のぞ》き込《こ》んでいる。

「あらあら、お疲れ様ですわおちびさん。いい仕事なさいましたわよ」

そんな彼女《かのじょ》を、スヴェンは出迎えた。

「ルートは……ソフィアも……無事だった？」

「ええ、主さまも……あと、ルンテシュタット少佐《しょうさ》もご無事でしたわ」

「そっか………」

それを聞いて、ミリィはようやくほっとした顔をする。

「思ったより簡単な相手でしたわよ」

振《ふ》り返るスヴェンの視線の先には、戦意を完全に喪失《そうしつ》した少年兵たちが、ひとかたまりになって真っ青な顔で震《ふる》えている。

まだ、そこらの子犬のほうがいくらか脅威となると思えるくらい、しがない姿になっていた。

第六章「ソフィア・フォン・ルンテシュタットのプライド」

「大尉、そこの未使用のナイフと、一番度数の高い酒を持ってきてくれ」

「だから……俺はもう軍人じゃないって……」

「早くせんかぁ！」

「はいはい！」

ソフィアに怒鳴《どな》りつけられ、ルートはナイフと酒を持ってくる。

「布、噛《か》みますか？　というか、俺がやりましょうか」

「……かまわん」

ソフィアは脚に弾《たま》を食らっていた。

小口径の銃弾《じゅうだん》が災いし、まだ脚の中に埋まっている。

「ぐっ……」

わずかに呻《うめ》き声《ごえ》を漏《も》らすソフィアは、酒をかけて消毒したナイフで弾を抉《えぐ》りだす。

「うわぁ……」

自分の体に刃《は》を突き立てるソフィアの姿を見て、ミリィは顔を背けた。

「ふむ、これでまぁ……大丈夫だろ」

弾を取り出し、傷口を酒で消毒し、自分のドレスの裾を引きちぎって包帯代わりにする。

「あの……軍人さん……あの……脚……大丈夫かよ……」

「…………オマエは、無事だったか」

おそるおそる尋《たず》ねるミリィに、ソフィアは努めて平静さを装いながら答える。

「あの……アタシ……アタシ……」

ミリィは、泣きそうな顔で、ボロボロになったドレスの裾を握《にぎ》りしめていた。

「よく増援を連れてきてくれた。がんばったな」

そう言うと、ソフィアは優しく微笑《ほほえ》み、優しくミリィの頭を撫《な》でた。

「隊長が、笑ってる……？」

そしてそんな彼女の姿を、意外そうに見つめているルートがいた。

「どういう意味だ大尉！　私だって笑うときゃ笑うぞ!!」

「いや、その……隊長って……その……そんな笑い方ができる人だったんだ、と」

ルートの中では、時に味方を鼓舞するために、時に敵を威圧《いあつ》するために愉悦《ゆえつ》の笑顔を作ることはあるが、基本的にソフィアは「優しく微笑む」などしないという印象だった。

「他の誰に言われても、オマエには言われたくないわ!!」

笑うと周囲に戦慄《せんりつ》を走らせるルートも、人のことを言えた義理ではなかった。

「なるほどな……お前はそいつらの飼い犬かよ」

そんな三人の様子を見て、拘束された少年兵たちの中から声が上がる。

「キミは……」

声を上げたのは、ついさっき、スヴェンの恫喝《どうかつ》を前に心を折られた少年だった。

皮肉げな――いや、卑屈とも言える恨みがましい目を向けている。

「お前……ペルフェ人だろ……なのにワイルティア人に味方するなんて……裏切り者め!」

ミリィを激しく睨みつけ、毒を吐《は》く。

「一つ、教えてくれ……なんでキミらはこんなことをした?」

ルートは少年兵たちに問う。

自分も、彼らと似た境遇にあったが、それでも、国家的思想信条までは背負わなかった。

だが彼らは、明確に、ワイルティアへの激しい憎悪を持っている。

「決まってんだろ……お前らがペルフェで戦争なんて起こしたから、俺たちはこんなことになった……」

先ほどの少年が、泣きそうな顔で震えながら、それでも精いっぱいの意地をかきあつめて答える。

「父さんも母さんも死んだ……家も無くなった、街は全部燃やされた……」

ペルフェは、ワイルティアと戦争を起こしたわけではない。

だが、先のエウロペア大戦では、ワイルティア軍は南下政策を進めるオーガスト連邦とペルフェ東部国境で、激戦を繰り広げた。

大国同士の戦禍だけを、ペルフェは押《お》し付けられたのだ。

「なんもなくなって、ゴミを漁《あさ》る毎日だ……野良犬《のらいぬ》みたいに蹴っ飛ばされたり、面白半分に、石を投げられたこともあった」

ワイルティア政府とて、戦災孤児たちになにもしてこなかったわけではない。

しかし、自国の孤児すらも兵隊に仕立てあげるような者がいたように、児童福祉という考えは、まだ十分に行き渡ってはいなかった。

「浮浪《ふろう》児狩りにあって、救貧院に入れられたよ。でも待ってたのは、石みたいに堅いパンと、塩水みたいにうすいスープが一日二食だ。後は全部、朝から晩まで奴隷みたいに働かされた！」

ワイルティアの戦災孤児救済は、孤児たちのためというよりも、浮浪児たちによって治安の悪化が起こることを防ぐためという、二次的な意味合いが強かった。

「俺たちは確かに道具扱いされてたかも知れねぇ！　でも、じゃあお前らワイルティア人はどうだ！　犬扱いじゃないか！」

彼らの中のワイルティアは、戦災という苦しみ、理不尽《りふじん》と不条理の元凶なのだろう。憎まなければ、生きていけないくらい追い詰められた者たちなのだろう。

「俺たちが何したってんだよ……俺たちがなんか悪い事したのかよ……」

少年は、涙《なみだ》をこぼしていた。

悲しみ——いや、悔《くや》しさだろう。自分を取り巻く全《すべ》てへの。

それを前に、ルートはただじっと拳を固める。

厨房《ちゅうぼう》で、オルフェンに罵られた時のことを思い出す。

あの理不尽なペルフェ人蔑視、ワイルティア人のルートですら、腹立ちを覚えた。

一度塗り込められた怒《いか》りは、そう簡単には拭えないのだろうか。

「どうせ、お前だって周りのワイルティア人どもから、ペットみたいな扱い受けてたんじゃないのか？　こいつらは、俺《おれ》たちの事を人間だなんて思ってない……！」

少年の目が、再びミリィに向けられた。

その言葉を聞き、ミリィは震える。

がくがくと、拳を握りしめ、歯を食いしばり、震えている。

彼女の中に、数時間前に起きた出来事が思い出される。

聖歌隊の控室《ひかえしつ》に、ミリィはソフィアに連れられ訪《おとず》れる。

しかし、ソフィアがいつものクセで軍人として名乗りながらノックしてしまったため、中にいた特務兵たちは、扉越《とびらご》しに銃撃を行った。

「危ない！」

その時、ソフィアはとっさに自分を助けてくれた。

日頃《ひごろ》の彼女ならば避《さ》けられる弾丸を、自分を守るために受けてくれた。

「なんだぁ？　ワイルティア軍が乗り込んできたと思ったら違うのかよ」

そう言ったのは、楽団を装った特務兵を率いるサザーランドだったが、そのことをミリィやソフィアは知らない。

「くっ……逃《に》げるぞ！」

ソフィアは、ともかくその場を逃げ出そうとした。

銃を携帯《けいたい》していなかったし、なによりミリィの安全を確保するためである。

血が噴き出る脚で、自分を抱《だ》き上げ、ソフィアは走った。

「どういうことだ⁉　あれはお前らの仲間じゃないのか⁉」

サザーランドらが纏《まと》う法衣《ほうえ》や修道服の偽装を見て、ソフィアは彼らが特務の兵であると判断した。

しかし、抱きかかえているミリィが、彼らと同類であるとは思えなかった。

「ごめんなさい……アタシ……違うんだ……ただ、この船に乗りたくて……それで…」

「嘘《うそ》をついてたのか？」

「ごめんなさい……ごめんなさい……！」

必死で、ミリィは謝罪の言葉を繰り返す。

ソフィアの善意を、好意を、全て欺いていた。

その挙句、彼女に傷を負わせた。

「ただの密航者だったのか……そっちは見抜けなかった私もたいがい間抜けだな」

憎々しげに吐き捨てるソフィアだったが、それでもミリィを見捨てはしなかった。

「ガキども！　あいつらを追いかけろ！　今計画がばれるのはマズイ！　とっ捕まえてこい」

サザーランドの命令で、少年兵たちが小型拳銃《けんじゅう》を構え追いかける。

ソフィアはさらに走るが、角を曲がったところで、そこが行き止まりであることを知る。

「ちっ……！」

悔しげに舌を鳴らすと、周囲を見渡し、通気口を見つけた。

「さすがにこの大きさでは、私は入れんか……しょうがない、オマエだけでも逃げろ」

「なんで……⁉」

ミリィは問うた。

「アンタが……アタシを守る義務なんて……」

ないだろう？　そう続ける前に、ソフィアが答える。

「私はワイルティア軍人だ。軍人である以上、民間人を守る義務がある。命に替《か》えても」

「でも、アタシはワイルティア人じゃない……ペルフェ人だ！」

ミリィの叫《さけ》びは、もはや懇願《こんがん》に近かった。

もうこれ以上、自分のために何かしないでくれという、願いの叫びだったのだ。

「ペルフェはワイルティアに併合《へいごう》された……分かるか？　ペルフェの領土はワイルティアの領土となった。ペルフェの民はワイルティアの民となった、ならばお前もワイルティア人だ。ワイルティアの軍人たる、私が守るべき民だ！」

ワイルティアの他の者たちが、どのように考えていようが知ったことではない。

これが自分の信条であり信念だと言わんばかりのソフィアの決意だった。

「早く逃げろ！　虚言を弄していたことを悔やむならば、このことを誰《だれ》でもいい、信用できる者に伝えるんだ。おそらく敵は何処《どこ》かの国の特務兵……この船が危ない」

そう言うと、ソフィアは半ば無理やり通気口にミリィを押し込んだ。

その後、ソフィアは捕らえられるが、幸い貴族の令嬢《れいじょう》であり、高級軍人であることを理由に生かされた。

万が一ワイルティア軍がデフェアデッド号占拠《せんきょ》を知り、戦闘機《せんとうき》を以《もっ》て攻撃《こうげき》を行ってきたとしても、盾《たて》として使えるようにである。

だがそれは、後になっての話。

この時ソフィアは、正真に、〝命に替えて〟、ミリィを守った。

「一緒にすんな………」

震えるミリィが、ポツリと、つぶやいた。

「アタシだって……とーちゃんやかーちゃんいない……戦争がなかったら、こんなことにならなかった……ワイルティアも、ワイルティア人も、ワイルティアの軍人も、大嫌いだ……………」

ミリィの声は、決して大きくはなかった。

　だが、ルートもソフィアも、少年兵たちも、血を吐くようにつむぐ彼女の言葉を、聞かなければならないと思わされた。

「でも……知らない。アタシは、ワイルティア人の名前、ろくに知らない」

　激しく憎んでいるはずなのに、彼女の中の「ワイルティア」は、いつだって薄ぼんやりとした存在でしかなく、どこそこの誰それと、顔と名前がわかった上で憎んでいるわけではなかった。

「お前らは知ってんのかよ……ワイルティア人のなんてヤツが嫌いなんだよ。どんな顔してんだよ、そいつ……」

　少年兵たちは、誰も答えられない。

　彼らは、自己の境遇の理不尽を、ワイルティア《国》という大きなものに押し付けていただけだから。

「アタシが知ってんのは、ルートとソフィアが、アタシを命がけで助けてくれたってことだけだ……こいつらは、アタシを人間として守ってくれた！」

　一つの国が、別の国を害した結果、その国を憎む気持ちはわかる。

　しかし、その国の者というだけで、全てを決めつけ、憎み、恨《うら》むことは、正しいことなのだろうか？

「アタシは……お前らとは……違う！」

いつのまにか、ミリィは感極まり、涙をこぼしていた。

ミリィの激しい拒絶《きょぜつ》に、少年兵たちは何も言い返せなくなる。

「もういい、ありがとう……」

そんな彼女を、ソフィアが後ろから優しく抱きしめる。

「すまない」

そして、静かな声で、謝った。

それは、ワイルティア人だからでも、ペルフェ人だからでもなく、子どもにこんなことを言わせてしまった、大人としての謝罪だった。

「ふん……ワイルティアどもに、ほだされやがって………」

それでもなお、少年は、憎まれ口を叩いたが、その声に、力は殆《ほとん》ど残ってなかった。

「え〜っと、ちょっとよろしゅうございますか？」

そんな中、空気を変えるように、スヴェンが手を挙げる。

「爆弾《ばくだん》どうなっているんでございましょうか」

「あ！」

すっかり忘れていたルートが、声を上げる。

「なに、爆弾！　どういうことだ大尉《たいい》!!」

「え〜っとですね……」

　血相を変え、胸ぐら掴んで問いただすソフィアに、事情を説明する。

「だぁ〜〜〜、それを早く言わんか！　で、爆弾は他にもあるのか!?」

「それがわかれば苦労しませんよ。俺たちだってたまたま見つけただけで……」

「口答えするな!!」

「おわっ！」

　ソフィアの破れかぶれの鉄拳《てっけん》が、ルートの頬《ほお》をかすめる。

「操縦室………」

　ポツリと、少年がこぼすように言う。

「ドレッドノートさんとサザーランドさんは、そこにいる……爆弾もそこに運ぶって言ってた」

「キミは……教えてくれるのか？」

「勘違《かんちが》いするな……あの人たちはすげぇ強いんだ……お前らなんて殺される。みんな死ねばいいんだ」

　意外な情報提供に驚《おどろ》くルートだったが、少年はあくまで敵意を捨てはしなかった。

「まだ言いますのこのガキャア……」

ポキポキとスヴェンは指を鳴らして凄《すご》むが、ルートはそれを制する。

もはや、少年の中でやけっぱちに近い意地になっているのだろう。

そこまで彼を追い詰めたのは、彼以外のあらゆるものだ。

そしてその中に自分も入っていると、ルートは思った。

「いいんだ。今はこれで」

それでも、ほんのわずかなきっかけを示してくれただけで、十分だった。


爆弾の解除、そして操縦室の奪還のため、ルートたちは反撃に転じる。

特務兵たちの最大の利点は、デフェアデッド号が未《いま》だに飛行しているということだ。

「あの爆弾……大きさと規模から考えて……一つでも爆発《ばくはつ》すればエラいことですわね」

デフェアデッド号は、ヘリウムならぬ水素で浮《う》かぶ飛行船ではないから、火災が起こっても、爆発炎上《えんじょう》することはない。

しかし、内部で起こった爆発に船体自体が耐《た》えきれるかはわからない。

操縦室の奪還に成功すれば、緊急着陸を行い、爆発する前に乗客を避難《ひなん》させるという方法も取れる。

「じゃあ……操縦室には、俺と少佐が――」

「それはダメだ大尉」

「それはいけません主さま」

　現職の職業軍人と、元職業軍人で挑もうとルートが提案しかけたが、即座にソフィアと
スヴェン、二人同時に否定された。

「大尉……キサマ、さっきあのガキどもに撃《う》たれそうになった時、なにを言った？」

　捕らえていた少年を、ルートは盾にするでもなく人質《ひとじち》にするでもなく、その子を離《はな》して
自分だけ撃たれようとした。

「操縦室には、武装した兵士が十人ほど詰めているそうですわ……申し訳ございませんが、
主さまには危険です」

　ルートの優《やさ》しさを否定はしたくないが、スヴェンも言わずにはいられなかった。

「だが……！」

「オマエはここで、人質や捕らえた少年兵や、ミリィを守ってやれ……その方がオマエに
は向いている」

　このパーティー会場は、ルートたちが得た拠点《きょてん》である。

　戦争において、拠点防衛もまた立派な勤め、守り手がいてこそ、攻《せ》め手が動ける。

その理屈《りくつ》はわかるが、この期に及んで、一人だけ安全な場所に逃げ込んでいるような気がしたのも事実だった。

「お気になさらないでくださいまし」

スヴェンの優しい言葉も、少し、ルートには苦かった。

「さぁて、では行きますか」

「うむ！　って……なぜキサマもいる⁉」

パーティー会場を出て、いざ出陣と勇むスヴェンを、ソフィアが突っ込む。

「シロウトが首を突っ込むな！」

ソフィアからすれば、一応は民間人である彼女を慮《おもんぱか》ってのものなのだろうが、残念ながら彼女はシロウトではない。それどころか、人間でさえない。

「わたくしはあなたの部下ではございません。ご命令を聞く義務はないですわ」

しれっとした顔で答えると、ソフィアは目に見えて怒りで顔を赤くする。

「おい女……そもそもキサマは何者だ‼」

「身も心も捧《ささ》げた、我《わ》が最愛の主さまを慕う者ですがなにか？」

だが、スヴェンは当たり前のことをなにを今さら尋ねているのかという顔で答える。

ソフィアを挑発する気はさらさらない。

ルート・ランガートを守り、彼の望みを達成する力となる。

それこそが彼女の願いであり使命であり存在意義なのだ。

「ほ、ほう……？　ふん、そんなの、キサマが一方的に言っているだけだろう」

「む……！　た、確かに、主さまは控えめで慎《つつ》ましいお方ですので、ご自身の感情を露《あら》わになさることは少ないですが、思いは通じ合っていると確信しておりますわ！」

少しだけ、ここ最近の、ルートの自分へのよそよそしさを思い出し、スヴェンの言葉に不安が交じる。

「ほーほーほー？　やっぱそうなんじゃないか、キサマだけが勝手に言っているだけで、アイツからすれば付きまとわれてうっとおしいと思っているかもしれんぞ」

それに気づいた途端《とたん》、まるでいじめっ子のようにソフィアはからかう。

「なんですと！」

それだけは聞き逃せないとばかりに、スヴェンは声を上げる。

「わたくしと主さまは、一心同体の間柄《あいだがら》ですわ！」

これはウソではない。

なにせ彼女は、猟兵機としてその中にルートを収め、一つとなって戦った経験を持つのだから。

「私はアイツと同じベッドで朝を迎えたことがある」

「え……⁉」

しかし、ソフィアの一言が、スヴェンの持つ大きな心の土台を揺るがせた。

「私とアイツはそういう関係なんだよ。わかったら、キサマ……少しは遠慮《えんりょ》しろ」

ニヤリと、ソフィアが笑う。

余裕《よゆう》の笑《え》みである。

自分の方が相手よりもはるかに高みにいるときに見せる、見下した笑いだった。

「あ、え、ああ……」

スヴェンは、まるで足首の関節部分がバカになったかのように平衡感覚を失いかける。

(そ、そんな……まさかルンテシュタット少佐が、主さまを連れ戻そうとしているのは……そういう理由⁉)

これが以前であれば、スヴェンは心神喪失をしかねないほどのショックだっただろう。

しかし、今の彼女は以前とは違う。

創造主のダイアンすら驚かせた、愛に目覚めし人造人間なのだ。

「だからなんですの!!!」

　ドンッと、強く足を一歩踏み出し、食いかかるように反論する。

「主さまとて男！　ましてや大人ですわ！　昔の女の一人や二人や三人いて当然、いなければおかしいってもんですわ！」

「な、昔の女だとぉ⁉」

「ええ、そうでございましょ？　わたくしは殿方の過去にはこだわりませんわ。大切なのは今！　言うなれば旧型機が偉そうに！」

　二号機ならまだしも、言うなれば旧一号機である。

　今のルートの一番そばにいるのは自分なのだ。過去はどうあれ未来が大切なのだ。

「言ってくれたなキサマァ！」

「言ったがどうした旧型ァ！」

　額をぶつけ合わせ、熾烈《しれつ》なにらみ合いを始める二人。

「ドラゴン殺し」と恐れられたソフィアの目を、スヴェンは正面から受け止め、かつ撃ち返す。

「キサマはシメる！」

「できるものならやってごらんあそばせ、ただし……」

「ああ……」

二人同時に、再び廊下《ろうか》の先に視線を向ける。

案内表示には「操縦室」と書かれている。

「全部終わった後だ！」

「ですわ！」

そして、二人同時に駆け出した。

デフェアデッド号の全長はおよそ五百メートル。

ただしこれは上部浮遊機関を加えたものなので、客室などの居住区や、操縦室のある〝ゴンドラ〟部分は、二百メートルと少しといったくらいだろう。

数字だけだと実感が湧きづらいが、ワイルティア海軍が有する主力軍艦《ぐんかん》の全長とほぼ同じくらいである。

しかも入り組んだ造りとなっているから、実際の距離《きょり》は倍近くになる。

その長い廊下を駆け巡り、ソフィアとスヴェンは操縦室を目指す。

「邪魔だ退《ど》かんかぁ！」

「お邪魔でございますわお退きあそばせ‼」

立ちはだかる兵士たちを、次々となぎ倒していきながら。

「なんだ⁉　なんなんだよオイ‼」

乗客の抵抗《ていこう》はある程度予想していた兵士たちも、その範囲の外にいた敵の襲来に、冷静さを欠かす。

さらに言えば、二人はなんの武器も持っていなかった。

スヴェンはもとより、ソフィアも銃は客室に置いてきている。

それに対して、兵士たちは銃という飛び道具を持っている。

一見すれば圧倒的《あっとうてき》優位――だがそれがいけなかった。

優位は余裕を生み、余裕は過信を生む。過信は慢心となり、油断となる。

相手が、人間型猟兵機の少女と、軍隊格闘術のスペシャリストでは、武器を持っているくらいハンデにもならない。

「どうだ！　私はもう三人倒したぞ！」

兵士の一人を殴り飛ばし、気絶させながら、ソフィアは勝《か》ち誇《ほこ》るように言う。

「これで四人目ですが、なにか？」

だが、涼しい顔でスヴェンも泡を吹いた兵士を放り投げる。

「ぐぬぬぬぬ…………」

「ふふふ～んですわ」

悔しがるソフィアを逆なでするようにスヴェンはあざ笑うが、同時に、わずかながら焦《あせ》りが生まれていた。

（う～む、ルンテシュタット少佐、案外やりますわね……）

別に、撃墜《げきつい》数を競っているわけではない。

ソフィアがそばにいては、スヴェンは「超人的ではあるが、あくまで人間レベル」の力しか使うことが出来ない。

人間型猟兵機としての能力を全解放すれば、この程度の数、瞬《また》く間に死体に変えることも可能だというのに。

（途中《とちゅう》で脱落してくだされば、さっさと終わらせることができるのに……）

足にケガをしているはずなのに、あの程度の応急処置でここまで動けるのは、驚嘆に値《あたい》した。

もしかして本当に、自分と同じ人造人間なのではと思うほどである。

「こんな人が姉妹なんて、嫌《いや》な話ですわねぇ……」

先に進みながらポツリと呟《つぶや》くスヴェン。

「おいコラ、なんか今キサマ失礼なこと言わなかったか?」

「いいえぜんぜ――――」

角を曲がろうとしたところで、いち早くスヴェンは、それを察した。

「ちっ！」

素早《すばや》く背後に下がり、ソフィアの動きも止める。

「どうした⁉」

ソフィアが問いただすと同時に、ついさっきまでスヴェンがいた場所に、弾丸《だんがん》が雨あられと降り注ぐ。

「これは、面倒《めんどう》な……！」

歯噛みをするスヴェン。

操縦室までは角を曲がって廊下を一直線である。

遮蔽物《しゃへいぃ》はなく、他の道もない。

その廊下の先、操縦室の扉《とびら》の前にいる兵士三人が、小銃を構えている。

これでは、辿《たど》り着《つ》くまで弾丸を躱《かわ》す術《すべ》はなく、狙い撃ちとなる。

これは偶然《ぐうぜん》でも不運でもない。

操縦室という最重要拠点を配置する際、進入路を限定し、少数でも守りきれるようにしたのだろう。

それが敵側を利することとなる、皮肉な話だった。

「連中もやられっぱなしではないか」

吐き捨てるように言うソフィア。

こういう時には、スモークグレネードなりスタングレネードなり、一時的に敵の視界を遮り、吶喊《とっかん》をかけるしかないが、いかんせんそんなものはない。

さっきのように通風口からベーキングパウダーを撒《ま》いている時間もない。

「なにか盾になるものを探してくるか……？」

「そんな時間はございませんわ！」

船内の乗客による反撃を武装集団は知った。

これからの一分一秒は、全てが全員の生存確率に影響《えいきょう》する中、無駄《むだ》な時間は使えない。

一秒の差で誰かが死に、その誰かがルートであるかもしれないのだ。

「ルンテシュタット少佐……後生です。五秒だけ、目を閉じ、耳を塞いでくださいまし」

「は……？　何を呆《ほう》けたことを――」

戦場においての僅《わず》かな気の緩み、注意の不足は命を危《あや》うくする。

それを自ら行えなどと、相手に自死を懇願するに等しい。

「どうか……！」

「……………………わかった」

しかし、スヴェンの必死な表情を前に、ソフィアは受け入れざるを得なかった。

この日出会ったばかりで、素性もわからず、お世辞にも好意的とはいえない相手。

（なんだ……どこかで会ったことがあるような……）

まるで、ソフィアには目の前の少女が、ルートと同じく、ともに死線をくぐった部下のように思えた。言葉を聞く必要があると、思ってしまった。

「感謝いたしますわ」

ソフィアが目をつぶった瞬間《しゅんかん》、スヴェンは、二段階だけ自分のリミッターを外す。

それだけで、彼女の姿は、常人には捉えられぬほどの速度を以て、その場から掻《か》き消える。

二十メートルの一本道の廊下。

人間の速さ、身体能力ならば、どれだけあがこうが、弾丸の雨にさらされる。

しかしスヴェンは人間ではない。

「な、なんだ………!!」

兵士たちは、相応の訓練を受けている。

人間相手の殺し方を、身につけている。

しかし、人間でないものの殺し方を彼《かれ》らは知らない。

目にも留まらぬ速さで、壁《かべ》、天井《てんじょう》、床《ゆか》を足場とし、まるで幾何学の模様を描《えが》くように迫る敵に対処する術は持たない。

「なんだと……？」

ソフィアが目を開いた時、全ては終わっていた。

五秒、いや四秒もかからず、兵士たちは倒されていた。

「ご面倒をおかけいたしましたわ、少佐《しょうさ》」

詮索されるのを嫌うように、スヴェンは背中を向けている。

「キサマは……」

怪しむべきなのだろう。

もしかして、今回の一件以上に大きなものを、この少女は持っているのかもしれないと、
ソフィアは感じた。

それはおそらく、ルートにも大きな影響を及《およ》ぼす。

「お先に」

しかし、ソフィアが糾弾《きゅうだん》を躊躇《ちゅうちょ》しているうちに、スヴェンは操縦室の扉を開け、中に突入する。

「あ、待て！」

慌《あわ》てて後を追うソフィアだったが、室内の光景は、彼女《かのじょ》の疑念を一時中断させるものだ

った。

「これは……死んでる？　全員⁉」

操縦室に詰めていたスタッフたちは、十人はいただろう。

操縦士、航空士、通信士など、それぞれ各役割を担っていた。

彼らが、全員死んでいた。

「無残な……ここまでするか！」

「それだけではありませんわ、操縦機器の全てが壊されています」

激高するソフィアに、スヴェンは一瞬《いっしゅん》で周囲を観察した結果を告げた。

おそらく、自動操縦装置の設定をさせ、航路を定めたところで、解除不能にするべく行ったのだろう。

念の入った仕事だった。

「これでは、着陸も、進路を変えることもできん！」

「いえ、方法はございます」

スヴェンは、憤慨するソフィアとは対照的に、冷静な声で告げる。

「どうするんだ？　何か方法があるのか……？　いや、そもそも……なんでそんな方法があると分かる？」

「それは……」

「オマエは一体何者だ」

先に問いかけた内容と、全く同じ言葉をソフィアは改めてかける。

だが、その意味は異なる。

ただの市井《しせい》の小娘《こむすめ》ではないことはわかる。

だがそれ以上に、人間を超《こ》えた何かを、ソフィアは感じていた。

「身も心も捧げた、我が最愛の主さまを慕う者です」

それに対して、スヴェンは先《さき》と同じ答えを返した。

だがこれも、先とはニュアンスを異とする。

言えない。だけど、自分がルート・ランガートを愛する気持ちには偽《いつわ》りはない。

スヴェンが確実に今ソフィアに言えるのは、それだけだった。

「…………」

「…………」

スヴェンをじっと見つめるソフィア。

ソフィアの目を見返すことが出来ないスヴェン。

しばし、沈黙《ちんもく》が二人の間を支配する。

　そして、その沈黙を破ったのは、どちらでもない、第三の存在だった。

「ルンテシュタット少佐、上!!」

　一足早く、それに気づいたのはスヴェンだった。

　彼女の声を聞くと同時に、ソフィアは転がるようにして、上からの攻撃を避けた。

「お前は、あの時の……！」

「なんでぇ、あの時のねーちゃんかよ」

　現れたのは、サザーランド――ドレッドノートに代わりこの場所を制圧し、その後、乗員全てを惨殺した男である。

「ケッ、だから殺せばいいって言ったんだよ。ったく、あの隊長サマが下手な仏心出しちまったせいで、めんどくせぇことになったたな」

　顔だけなら柔和な聖人君子ヅラした男が、これでもかと卑劣《ひれつ》に顔を歪《ゆが》めている。

「まぁいいさ……おいねぇちゃん。今度はお優しいナイト様はおられないんだ。ちゃんと殺してやるから覚悟《かくご》しな？」

　言いながら、べろりと舌なめずりをする。

「その前に、ちゃんと女の悦《よろこ》び教えてやんよ」

「カスが……！」

心の底から、相手を嫌悪《けんお》する顔で、ソフィアは応《こた》える。

「おい、女！」

ドレッドノートを睨《にら》みつけながら、ソフィアは背後のスヴェンに告げる。

「キサマが何者かは知らん。だが、今はキサマを信じる。どんな手を使ってもいい。この船を地上に降ろせ！」

言うや、ソフィアは体を捻《ひね》り、遠心力と重力を総動員しての蹴《け》りをサザーランドに食《く》らわせる。

「ごふ――――ッ⁉」

まるで重装騎士《きし》の槍《やり》の一刺しのごとく強烈な一撃《いちげき》に、サザーランドは扉を突き破り操縦室外の廊下にふっとばされた。

「このカスは……私が始末する!!!」

「ドラゴン殺し」と恐《おそ》れられる双眸《そうぼう》に、地獄《じごく》の炎《ほのお》すら生ぬるいと感じる怒りを燃え上がらせながら、ソフィアは言った。

ソフィアは、サザーランドにさらなる追撃を食らわせるべく、操縦室を出る。

残されたスヴェンは、室内にある壊されずにすんだ、レザニウムクラフトの出力表示板に近づく。

これはただの計器であり、残したところで何の脅威にはならないと判断したのだろう。

だが、それは人間の話。

人間型猟兵機ならば――否、スヴェンならば、これは戦況を変える鍵となる。

「あの時の力、それをもう一度使えれば……」

先の一件で、スヴェンは、自分たちを襲おうとした自律式戦車を、自死を命じるかのように自壊させた。

なぜあんなことが出来たのか、未だにわからない。

自分が知る、自分のスペックには、そんな機能は搭載《とうさい》されていない。

だが、一つだけ、理屈ではなく、本能で理解できたところがあった。

機械の体で〝本能〟というのもおかしな話だが、自分の中にある、心と魂《たましい》と命を宿したレザニウムリアクターを介して、なんらかの命令を下せた。

古《いにしえ》の竜族《りゅうぞく》の心臓が結晶化《けっしょうか》したと言われる、未だ全容の分からぬ希少鉱物。

(こんな曖昧なものに頼らなければならないなんてね……)

戦場において、不確定な存在に賭《か》けるなど、愚の骨頂である。

しかし、レザニウムリアクターの中にあるレザン石は、意志の力を宿すと言われている。

ルート・ランガートへの愛、それだけは、この世界の全《すべ》てと秤《はかり》にかけても、負ける気はしない。

「ならば我が胸の中の力よ、それを示せ‼」

スヴェンは己の心の中から叫んだ。

計器表示は、レザニウムクラフトと、出力測定器を介してつながっている。

それを逆手に取り、スヴェンは浮上《ふじょう》システムそのものを制御しようと試みた。

「言うことを聞きなさい！　ワイルティア公国が誇る天空の覇者《はしゃ》が、どこの馬の骨ともわからぬ者に好きにされて。恥《は》ずかしいとは思いませんの！」

機械を介し、機械の少女が語りかけるが、機械の船デフェアデッド号は応えない。

たかが三人乗りの自律式戦車とはわけが違う。

千人の乗客を乗せ、千里の空を駆けるために作られた船である。

「なんていう……頑固者《がんこもの》‼」

その説得にはなかなか時間がかかりそうだった。

「どうしたどうしたどうした‼　ワイルティアの女ァ？」

操縦室の外では、ソフィアとサザーランドが、激しい戦いを繰り広げている。

しかし、それは常人の想像を超える領域のものであった。

「貴様は、人間ではないのか⁉」

ソフィアに蹴り飛ばされたサザーランド、猛牛ですら昏倒《こんとう》させると言わしめたソフィアの一撃をもってしても、この男を倒すには足りなかった。

それどころか、ありえぬほどの握力で、天井の板を鷲掴《わしづか》みにして、まるで猿《ましら》のごとく襲い掛かってくる。

「失礼なこと言うんじゃねぇよ！」

爪《つめ》を立て繰《く》り出《だ》されるサザーランドの手が、ソフィアの胸元を掻っ切った。

「くっ………！」

ドレスどころか、下着まで裂《さ》かれ、乳房があらわになる。

「あはははは！　いいカッコになってきたじゃね？　一枚一枚剥ぎとって、ストリップショーだぜ～!!!」

悦楽《えつらく》、享楽に浸り、高笑いを上げる男の腕《うで》は、人間のものではなかった。

「機械、だと………？」

まるで、鋼鉄のからくり人形の腕を、直接肩《かた》から先にくっつけたような、歪《いびつ》な姿だった。

「おうよ……機械兵って呼ばれている。戦争で両腕奪《うば》われてな、代わりにくっつけてもらったのさ。悪くねぇんだがちょっと不便なとこもあってよ、女の肌《はだ》の感触はわからねぇのが辛《つれ》ぇモンだな」

「なるほどな……グレーテンも奇っ怪なことをする」

「ぬっ⁉」

サザーランドの、哄笑《こうしょう》にまみれた顔が、初めて陰る。

「なぜ、俺《おれ》らがグレーテンだと思う……？」

グレーテン帝国《ていこく》――先の大戦でワイルティアと戦った、連合軍の盟主的存在である。

「ふん、隠《かく》している様だが訛《なま》りは隠せん。私が戦場で何人のグレーテン兵と対峙《たいじ》したと思う。数えきれんわ」

法衣《ほうえ》をまとい、清廉な修道士を演じていたならば、なるほど騙《だま》された者も多かっただろう。しかし、欲望を露わにした下卑た言葉遣いは、戦場でソフィア――女がいると知った時の、獣と化したグレーテン兵たちと同じだった。

「まぁいいや隠してもしゃーねーしな。どーせもろとも死ぬわけだし……ああそうだ、俺らはグレーテンの特務兵よ」

「デフェアデッドを落として、どうするつもりだ」

「なに、こいつはアンタらのお国の威信《いしん》の象徴だ。それが墜落すればお国のメンツがガッタガタだろ？」

デフェアデッド号は、戦時中にもその航行能力を利用し、輸送任務のほか、海を隔《へだ》てたグレーテン帝国の首都ロードラントへの爆撃にも用いられた。

百年前にエウロペア大陸の八割を支配した獅子王帝すらたどり着けなかった不落の島国国家にとって、首都攻撃《こうげき》は絶大な効果があり、ワイルティア勝利の一因となる。

「まだ他にわからぬことがある。なぜ子どもを使った？　貴様らなら、もっと、別の方法もあっただろう」

ペルフェの子どもたちを扇動し、少年兵に仕立て上げる。

プロの兵隊でも危険な任務に、なぜそんな者たちを引き込んだのか。

「それは……」

「それは？」

「あの世で先に死んだお仲間に教えてもらいな！」

言うや、サザーランドは床に降り立ち、床面を滑るような動きで迫ると、ソフィアの脚を狙って爪を繰り出す。

スカートが裂け、今度は太ももがあらわになる。

それどころか、応急処置した傷口にまで爪は至った。

「ぐっ……！」

傷が開き、ソフィアは痛みに顔を歪ませる。

普段《ふだん》の彼女ならかわせただろうが、あらわになった胸元を隠すことに気を取られ、サザーランドの攻撃を招いてしまう。

「あらら？　さっきの傷がま～た大きくなっちまったな。それにしてもあんたいい脚線美だねぇ。殺すにゃ惜しいや、ギャハハハハ！」

強気な女に、女としての辱めを与え、サザーランドは享楽に浸っていた。

「くっ……おのれが……！」

悔しげに歯ぎしりするが、それすらも相手の享楽を増すことにしかならない。

ソフィアの太ももからは、一度止めたはずの血が、再び流れ始めている。

これでは、まともに動くことは出来ない。

次の一撃を、避《さ》けることも難しい。

「いやぁ～、ガキどもの面倒にクソ上官のケツふきと、めんどくせぇ任務だったけど最後に楽しみが巡ってきたぜ」

ニヤニヤと、下卑た笑みを浮かべつつ、サザーランドが迫る。

「安心しろよワイルティアのねえちゃん。俺が機械になってんのは両腕だけだ、あっちは生身のままだから、しっかり楽しませてやるぜぇ～？」

武器を持たない負傷した女を前に、両腕そのものを武器とした男が勝ち誇る。

「お前が、あの子どもらを差し向けたのか？」

ソフィアの声は、出血によるものか、窮地に立たされたことによるものか、弱く、か細くなっていた。

「ああ、敗戦後拾ってな、躾《しつ》けてやったよ。お前らが苦しいのはぜぇ～んぶぜんぶワイルティア人のせいですよってな。いやはや、びっくりするくらいあっさり受け入れたよ。子どもってのは覚えがいいね」

少年兵たちは皆《みな》、国家間の争いの結果、理不尽《りふじん》な運命を強制された者たちだった。

彼らはきっと自らに問い続けただろう、「なぜこんな目に遭う」「自分の何が悪かったのだ」「生まれてきてはいけなかったというのか」と。

地面を這《は》いずり、泥《どろ》をすすり、ゴミを漁《あさ》って生きてきた者たちに、サザーランドは誇りを与えた。

「あなたたちはなにも悪くありません。悪の国家たるワイルティアの野心が、あなた方から幸せを奪ったのです。悪いのはワイルティアです」

突如《とつじょ》、サザーランドの顔が、優しく温厚《おんこう》な、聖職者の顔に戻《もど》る。

穏やかな諭す声、耳に優しい言葉。

「って言ってやったらよ、中にゃ涙《なみだ》流すヤツまでいたぜ？　バカじゃね？　バカじゃね？　運が悪いヤツってのは頭も悪いねぇ！」

再び下衆《げす》の顔に戻り、サザーランドは笑う。

彼らはどれだけすがっただろう、野良犬《のらいぬ》と化した自分たちに憎む対象と恨《うら》む対象を授けてくれる甘《あま》い言葉に。

「全ての苦しみはこいつらのせいだ」と、思わせてくれる言葉に。

「貴様は……脳みそもいじられたのか……！」

信じたくなかった。人間という動物が、ここまで薄汚くなれる存在だということを。

「残念、こっちも自前だ」

だが、そんな皮肉も通じず、サザーランドは両手の爪を振《ふ》りかざす。

「裸にひんむいてぇ！　髪《かみ》引きちぎってぇ、顔もズタズタにしてやんよぉ！　そんで両手両足の腱《けん》も裂いたところで、お楽しみの始まりだ!!　たまんねぇ、たまんねぇぜ!!」

襲いかかるサザーランドを前に、ソフィアはなんの抵抗もできな――

「クズが！」

ソフィアはそれまで胸をかくしていた両手を、なんら躊躇することなく広げると、繰り出されたサザーランドの爪をすんでで躱し、腕の関節を押さえこみ、巻き込むように内側に入り込む。

そして、傷を負った右足を、激しい痛みなどものともせずに、床板を砕《くだ》く勢いで踏み込むと、全力を込めた肘《ひじ》を、サザーランドの心臓の真上に叩《たた》き込《こ》んだ。

「ごぼっ……‼」

予期せぬ反撃に面食らうサザーランドだったが、さらにその後に襲い来る凄《すさ》まじい激痛に、胃液を吐《は》き出し、立つこともできなくなり、床に転がりもがき苦しみだした。

「な、なにを……なにをしやがったぁ……‼　ゲボおっ！」

「貴様のようなクズを、一番苦しめて倒《たお》せる技さ」

エウロペア大陸とは異なる文明圏で編み出された格闘術「ブジツ」。

その一つ、相手の心臓に直接ダメージを与え絶命させる技――龍吼《りゆうく》。

ソフィアが放ったのはその亜種、体内の血脈血流の一切《いっさい》を暴走させ、相手に地獄の苦しみを与《あた》える〝九獄《きゆうごく》〟。

その名の由来は、苦しみのあまり体にある九つの穴から血が噴《ふ》き出すことからである。

「てめ……測ってた……俺が近づくまで……」

痛みに傷つき動けない様も、肌を晒《さら》し辱められた姿も、全てサザーランドを引き寄せるための餌《えさ》。

ソフィアは誇り高き公国軍人であり、貴族令嬢《れいじょう》である。

しかし、彼女のプライドは、「傷つかぬように守る」などといった、脆弱《ぜいじゃく》なものではない。

憎き敵を屠《ほふ》るためならば、一切を躊躇なく捨てることを厭《いと》わぬ、「攻め」のプライド。

「脚の一本犠牲にしてでも、乳房を晒してでも勝てるなら、安いものだ」

その程度で、己《おのれ》の価値は欠片《かけら》も下がらぬという自負こそが、ソフィア・フォン・ルンテシュタットのプライドだった。

「さて……とはいえだ。私も一応嫁入り前だ。ここまで弄んでくれたのだから、そちらの分も取り立てさせてもらう」

「な……なにを………!?」

転がり、這いずりまわるサザーランドを、鬼《おに》や悪魔《あくま》のほうがまだ慈悲深く感じるほど冷徹な目で、ソフィアは見下ろす。

「………………潰《つぶ》す!!!」

「や、やめっ…………！」

下衆の言葉は一切聞かず、ソフィアはサザーランドの股間と、そこにぶら下がっている

「自前のもの」を、全力で踏みつける。

「～～～～～～～～～～～～～～～～～～！！！！」

声にならぬ叫《さけ》びを上げ、サザーランドは泡を吹いて失神した。

もしかしてショック死したかもしれないが、ソフィアには、どうでもいい話だった。

操縦室――ひたすらレザニウムクラフトを制御しようと試みていたスヴェンだったが、一向にうまくいかない。

「言うことをお聞きなさい！　このままではあなたは、醜い姿を歴史に晒すことになりますのよ！」

早く制御を取り戻さねば、デフェアデッド号は轟沈《ごうちん》する。

多くの乗員乗客たちが。ソフィアやミリィや、そしてルートが死んでしまう。

「お願い……言うことを聞いて……お願いですから……！」

絞《しぼ》りだすような声で、懇願《こんがん》する。

（あれ……？）

だが、その必死さと裏腹に、彼女の中に、疑問が浮《う》かぶ。

(なにをしているのだろう、わたしは……お願い？　なぜ願わなければならないの？)

理屈《りくつ》ではなく、理屈以前の疑念がどんどん頭を覆っていく。

目の前にあるものは全て自分のものであり、自分に傅《かしず》くために作られた。

(わたくしに……わたしに……我ニ……)

にもかかわらず、それを果たそうとしないものに、激しい怒《いか》りが湧いてくる。

スヴェンは息を整えると、小さな声で、しかしはっきりとした声で、一言つぶやく。

「従え」

その一言、世界が自分のためにあるのだと、それが当たり前の事実であると信じて疑わぬ者の声で。

ズウウウウウンッ………

突如として、デフェアデッド号の浮上システム、レザニウムクラフトが、スヴェンに全面降伏するかのように、制御系を明け渡した。

まるで巨大《きょだい》な獣が、腹を見せて哀れみを以《もっ》て許しを請うようでさえあった。

「これは……また……？」

自分の中の何かが、自分を自分以上に知る何かが干渉《かんしょう》したことを、スヴェンは悟った。

(わたくしは……一体……？)

おぞましさと底知れなさに戸惑《とまど》うが、無理やりそれを振り払う。

「今は、そんなことを考えている場合ではありませんわ！」

レザニウムクラフトを操作し、最速で着陸するように指示を与える。

飛空船は、飛行船と同じく、航空機のように素早く離発着《りはっちゃく》ができるものではない。

徐々《じょじょ》に浮力《ふりょく》を減少させ、ゆっくりと高度を下げていくのだ。

（今からだと、どれだけ急いでも三十分はかかりますわね……）

だが、進路変更《へんこう》には間に合わない。

このままでは、ペルフェ旧首都ボナパラスへ直行する形になる。

それでも、まだマシな方だろう。

操縦室に仕掛《しか》けられていた爆弾《ばくだん》が起爆していたら、デフェアデッド号は急速に浮力を失い、首都直上で地上に落下し、甚大《じんだい》な被害《ひがい》を与えただろう。

「最悪の事態は回避できた……？　いや、むしろまだ、ですわ」

スヴェンにとっての最悪とは、ルートが命を失ってしまうこと。

まだ、その危険は残っている。

操縦室の一角に設置されていた爆弾を見つけ、起爆装置を解除する。

幸い、倉庫に置かれていたものと同系のものだった。

パーティー会場に戻ろうと、スヴェンは外に出たところで、戦いを終え、ぐったりと座《すわ》り込んでいるソフィアを発見する。

「ルンテシュタット少佐！」

血で赤く染まった右足を見て、スヴェンは駆け寄る。

「ぬ……貴様か、船の制御はどうなった？」

出血の激しさからか、顔を少し青白くしながら、ソフィアが尋《たず》ねる。

「こちらは上手《うま》くいきましたわ。爆弾も解除しました。少佐は……？」

ふと目を向けると、廊下の端《はし》に、白目を剥《む》いて失神しているサザーランドが倒れている。

「こちらはカタが付いた……だが、ちと無理をしすぎた。しばらくここで休む」

それだけ言うと、ソフィアは口を開くのも辛《つら》いのか、壁に背中を預け、眠《ねむ》ったように動かなくなる。

最後の力で自分で止血を施したのか、もう脚から血は流れていない。

「あとで、迎《むか》えに参りますわ」

そう言い残すと、スヴェンはパーティー会場に、ルートの元へと走った。

第七章「最期の爆弾」

パーティー会場――

捕らえられていた人質《ひとじち》たちは、全員解放し、第二層に逃《のが》した。

船が轟沈すれば変わらないが、少なくとも鍵をかけて客室にこもっている方が、まだどこをうろついているかわからない敵兵に出会わずにすむ。

「高度が、下がり始めたか……？」

窓の外から見える光景が、少しずつ下り始めている。

時間はまだ夜明け前、比較する対象がないのでわかりづらいが、月や星の見える角度が、変わってきているように感じられる。高度が下がってきている証拠だ。

（俺は、あまり役に立てなかったな）

ほとんどがスヴェンやソフィアに助けられる形に終わってしまった。

二人がなぜ、自分を動かそうとしなかったか――

信用されていないのだ。

自分は、すぐに死のうとしてしまうと、それを危ぶまれている。

(言い返せなかったからな、隊長に、贖罪《しょくざい》のために生きているなんて言われて)

だが、自分の焼いたパンを食べてもらえて、美味《おい》しかったと言われた時の喜び、それは間違《まちが》いなく、そんな後ろ向きの感情ではない。

だからこそ自分は今も、パン屋でありたいと願っているのだ。

すでにご破算同様になった件《くだん》の賭けは、ソフィアが、そのことを自分に問おうとしているものなのかもしれないと、ルートは思った。

「大丈夫《だいじょうぶ》かな……あいつら……」

側にいたミリィが、ポツリと呟く。

「ああ……おそらく上手くいったんだろう。じきに戻ってくるよ。ところで……」

ドタバタにかまけて、聞けなかった質問をする。

「なぁ、ミリィ……キミはなんで、この船に乗っているんだい？」

「…………もうすぐ、アタシ、働きに出るんだ」

少しの間、どのように答えたものか悩《なや》んだようだった少女は、ぼそりと、どうでもいいことを言うような声音《こわね》で答える。

「その前に……アンタに………」

ミリィがたどたどしい口調で、言いにくそうなことを語ろうとしたその時、閉まっていた会場の扉《とびら》が、重い木製のそれが、まるで爆弾でも炸裂《さくれつ》させたかのように吹き飛んだ。

「失礼」

現れたのは、重甲冑《じゅうかっちゅう》をまとった騎士のような姿をした巨漢の男だった。

「私の部下を迎えに来た」

男は少年兵たちに一度視線を向けた後、ただ一人立つ大人であるルートを、この場にいる代表者と考え、宣告する。

「部下、だと……？」

「ああそうだ。幼いが、彼らも私の部下だ。捕らえられた以上、助ける義務がある」

少し……いや、かなり意外な話だった。

彼らは、少年兵たちを道具のように扱《あつか》っていると思ったら、目の前の男、おそらく今回の一件のリーダー格であろう彼は、少年兵たちを「部下」と呼び、自ら助けに現れたのだ。

「あの……えっと………」

「ドレッドノートだ。名乗りが遅《おく》れたな、許されよ」

「あ、いえ……えっとルート・ランガートと申します」

それどころか、特務の兵のはずが、偽名かコードネームかのいずれかであろうが、名乗りまでしたことに、ルートは面食らう。

（格好だけじゃなくて、中身まで中世騎士みたいな男だな……）

「まさかワイルティア軍が、民間人に偽装《ぎそう》して兵を忍ばせていたとはな、うかつだった」

ルートの姿を見て、しみじみと、ドレッドノートがつぶやく。

「あの、俺……一応民間人なんですが……」

またしても変装だと勘違《かんちが》いされてしまい、ルートは悲しくなった。

「まぁいい、隠していても仕方がない。我らの現状を明かそう。すでに戦力は私一人しか残っていない。操縦室に配備した部下たちは皆やられたようだ」

「本当か⁉」

「虚偽の情報を流し、有利になる状況《じょうきょう》ではない」

スヴェンたちが上手く事を進めた様子に、ルートは安堵《あんど》の息を漏らした。

「だが……君らは、三つ目の爆弾の存在は知らないようだな」

「なんだと……⁉　まだ、あったのか！」

彼らがしかけた爆弾は、一つでも爆発《ばくはつ》すれば、デフェアデッド号を墜落させるに十分。

「念には念を、と言うだろう……？　二つの爆弾が無力化された時のことを想定し、小型だが、先の二つ以上の破壊《はかい》力を持つ物を用意している」

（ハッタリか、それとも……？）

バイザーに覆われたドレッドノートの表情は読み取れない。

しかし、ありえない話ではない。

仲間内にも隠して、最後の切り札を隠し持つということは多々ある。

捕虜から流れた情報を元に動いた敵を、罠《わな》にはめる時など、有効な手段である。

場合によっては、いざというときの交渉の切り札ともなる。

「そこでだ。一つ、取引を申し出たい」

それこそ、今この時のように。

「私の部下たちを返して欲しい。代わりに、脱出《だっしゅつ》ポッドは貴殿らが自由にすればいい」

「脱出ポッド!?　そんなものがあるのか！」

脱出ポッド――パラシュートを内蔵した、大人ならば五人ほどが搭乗《とうじょう》できる脱出装置である。

「ただし、数は二十個ほどしかない。なので、私の部下たちの分を差し引いて……多少無理をすれば百人くらいならなんとかなるだろう」

「それだけしかないのか……!?」

「世の中には、逃《に》げ道を確保することを恥と思う愚物《ぐぶつ》が多いということだ」

デフェアデッド号は天空の覇者。ワイルティァが誇る不沈船。

絶対安全なのだから、いざというときの備えなどいらない、つければ恥となる。

バカらしい話だが、体面を重んじる者たちは、時に道理は通さない。

「二十個……乗客の中の、VIP用ってことか」

脱出ポッドの存在は、案内板にも書かれていなかった。

いざとなれば、存在を知る一部の乗務員が誘導をする手はずにでもなっていたのだろう。

「全員脱出は不可能だろうが、乗員の中の子どもや女性の一部ならば、確実に助かるのではないのかね？　無論、貴殿が乗っても構わんが」

「他の者は、死ねというのか……!?」

「このままでは、どのみち双方全員死ぬのは確実。ならば、罪少き者だけでも生き延びるのが得策ではないか？　ちなみに、最後の爆弾は、時限式ではない。私の意志で起爆させることができる」

受け入れないのならば、今ここで爆発させる。

ドレッドノートは、言外にそう語っていた。

ちらりと、ルートは自分の後ろで震《ふる》えているミリィを見る。

今この交渉に応じれば、彼女やソフィア、そしてスヴェンだけでも、確実に生かすことができる。

それに、あの少年兵たち……このままでは、地上に降り立っても、処刑されるだけなのかもしれない。

「軍人ならば、間違いのない一手を打ち、賭けに出ることなく、確実に生き延びる方を選ぶべきなんだろうな」

「その通りだ。賢明な判断を期待する。ワイルティアの兵士よ」

ドレッドノートは、まだルートのことを、ワイルティアの兵士だと思っている。

仕方のない話だと、ルートは思った。

元兵士としての過去、そして外見だけの話ではない。

未《いま》だに、自分が死ねば誰《だれ》かが助かるのならば、それで構わないと思ってしまう。

他人のほうが自分よりも価値のある命を持っていると、思ってしまう。

命の価値に上下があるとか、そんな問題ではない。

命を秤にかけることを、是とすることこそ、兵士の思考だ。

「悪いんだがな……俺はもう兵士じゃあないんだ」

ルートは両手を構え、格闘《かくとう》戦の姿勢を取る。

武器を持っていない彼《かれ》にできる、数少ない戦闘体勢である。

「簡単な理屈じゃないか。アンタを倒せば、みんな死なない」

「兵士としては失格の答えだな……だが、人としては正しい選択なのかもしれん」

ドレッドノートの口調は、少しだけ柔らかかった。

「場所を変えようか、親しき者が目の前で殺される様は、子どもが見ていいものではない」

わずかにミリィに視線を向けると、身を翻し、闘争の場にルートを誘《さそ》った。


デフェアデッド号左舷《さげん》展望《てんぼう》サロン――壁《かべ》一面が窓となり、雲上の景色を楽しみながら、ティータイムを過ごすことができるというのが売りの場所である。

「邪魔だな」

そうつぶやくと、ドレッドノートは豪腕を振るい、並んでいるテーブルや椅子《いす》を薙《な》ぎ払《はら》った。

(なんて……力だ……人間じゃない⁉)

時代がかった重甲冑以上に、ドレッドノートの力は、異常だった。

「貴殿の勇気に敬意を表し、我《わ》が素性を明かそう」

古の戦場で剣を振るった騎士のように、ドレッドノートが言う。

「我が名はドレッドノート……グレーテン軍特殊情報局大尉」

「グレーテン……そうか、この船は、アンタたちにとっては、悪魔みたいなものだからな」

「察しがよくて助かる」

デフェアデッド号による、グレーテン帝国本土爆撃――それは、先の大戦の中でも屈指の地獄を生み出したと言われている。

下手な航空機はおろか、高射砲《こうしゃほう》でも届かぬ超高度から落とされる爆弾。

それは、都市一つをまるごと爆殺するに等しい、無差別大虐殺《ぎゃくさつ》。

「私はこの船に、妻と娘《むすめ》を殺された」

バイザーの奥《おく》にあるドレッドノートの目がいかなる色を浮かべているのか、ルートにはわからない。

しかし、深い悲しみと絶望と、怒りをたたえているであろうことは予想できた。

「だから、この船を沈める……？」

「そうだ……だが、ただ沈めるのでは足りない。仮にこの船がこの世から消えても、第二第三のデフェアデッド号が作られ、新たに運用されるだろう」

そして、爆弾で腹をいっぱいにして、神様気取りで空の高みより死を振りまく。

「それを防ぐためには、人々の記憶《きおく》に、飛空船は忌《い》むべきものであると刻みつけねばならない。そのためにも――」

「ポナパラスに……デフェアデッドを落とす、か？」

かつては一国の首都だったポナパラスに、爆破炎上《えんじょう》した巨大な飛空船が墜落する。引き起こされる被害は何百人か、何千人か、ともかく、地獄《じごく》がこの世に生み出されるだろう。

「アンタは、デフェアデッド号によって地獄を見た。なのになぜまた地獄を再現する⁉」

「勝った者に、負けた者の痛みはわからない」

ワイルティアが行った無差別爆撃は、本来なら国際社会に非難されてしかるべきだった。

しかし、ワイルティアは戦勝国である。

「一日も早い勝利のために必要な行動だった」「やむを得ない犠牲だった」そんな理屈を、
敗戦国に押《お》し付《つ》けて、飲み込ませることができる。

どれだけ残虐非道な兵器でも、自分たちに使われない限りは、そのおぞましさを理解す
ることは出来ない。

「分からない以上、同じ痛みを与えるしかない、そういうことだ」

ルートにはそれ以上反論できなかった。

彼の言っていることは、ある意味では正論だったからだ。

世界が敗者の言葉を聞かないならば、敗者の側に引きずり込む以外ない。

「さて、論戦が目的ではあるまい。始めようか、ワイルティアの兵士よ」

バシュウウウと、ドレッドノートの体のあちこちから、煙が噴き出す。

「私は、体を機械によって強化した機械兵だ。肉弾戦では貴殿よりもはるかに強き位置にいる……故《ゆえ》に、その出力を五十パーセントまで落とした」

それはドレッドノートからの慈悲であり、憐憫《れんびん》だった。

生身の体で、一撃《いちげき》で人間を肉塊に変えられる自分に戦いを挑むことは、自殺にも等しい。

ならばせめて、少しくらい「勝ち目」を残してやらねば、あまりにも憐《あわ》れだからだ。

「申し訳ないが、これ以上は出力を下げることが出来ない。許されよ」

「くっ………」

余裕《よゆう》でもなく、嘲《あざけ》りでもない。

純粋《じゅんすい》な両者の力の差からくる、心からの謝罪だった。

「おおおおっ!!」

それでも、挑まない訳にはいかない。

先手必勝とばかりに、ルートは挑みかかる。

（全身鎧《よろい》……まともな打撃は通じない……ならば！）

直線で攻めると見せ《せ》かけて、寸前で進路を変え、左斜めに跳ぶ。

死角を縫うように背後に回ると、ドレッドノートの首に絡みついた。

（このまま一気に落とすことができれば！）

打撃が効かないならば関節を砕き、行動不能にするしかない。

だが、そのルートの頭を鷲掴みにされた。

「な…………!?」

ドレッドノートの腕《うで》が、関節とは逆に曲がり、ありえない角度からルートの頭を掴む。

「私の腕は、人間の腕ではない。ワイルティアによって、我が腕は失われた」

淡々と語ると、そのまま力任せに引き剥がし、片手でルートを投げ飛ばす。

「がはっ！」

受け身も追いつかず、床《ゆか》に打ち付けられる。

「ま、まだ………！」

その状態から、立ち上がるのではなく、コマのように回転し、ドレッドノートの膝《ひざ》を蹴《け》りつける。

膝への直蹴りは、膝関節を砕く、一種の関節技と同じ効果を生む。

「効かない………!?」

「我が脚も、ワイルティアによって奪《うば》われ、生身のものではない」

反撃とばかりに、倒れた状態のルートを、ドレッドノートは蹴りつける。

「ごっ……!?」

二メートル近い図体《ずうたい》のルートが、まるでボールのように蹴り飛ばされ、ラウンジの端に追いやられたテーブルや椅子の山に突っ込む。

（ここまで……勝負にならないのか!!）

グレーテンの機械兵の話は、ルートも聞いたことがある。

戦争で四肢を失った者に、機械で補うことで、生身の時以上の力を与えるという計画。

しかし、非人道的ということで表向きは中断となったはずだが、秘密裏に研究は続けられ、戦争が終わって二年も経《た》つ今、その完成度を見せつけていた。

「うおおおっ！」

なおも挑むルートは、手近な位置にある椅子を投げつけるが、ドレッドノートはまるで、癇癪《かんしゃく》を起こす子どもに対するように、何ら動じることなく腕で払う。

その腕が、わずかにバイザー越《ご》しの視線を隠したところで、ルートは再びドレッドノートに迫《せま》った。

四肢は機械に換装され、関節技は通じない。

全身の重装甲は、貫こうとすれば対戦車ライフルでも持ち出さねばならないだろう。

そもそも肉弾戦を挑む自体が馬鹿げた話なのだ。

だが、まだ手はある。

(鎧をまとった相手だからこそ、過信し、無防備になっているところ――)

掌《しょう》と拳《けん》の中間のような、まるで猛獣《もうじゅう》のような構えを作り、全身全霊《ぜんしんぜんれい》の力を込めて、左胸に叩き込んだ。

鎧をまとった相手の心臓を、衝撃《しょうげき》を貫通《かんつう》させてダメージを与える技、「龍吼《りゅうく》」である。

(なんだ……!?)

だが、手応えがおかしかった。

巨大な釣り鐘を素手で殴ったような、奇妙《きみょう》な感覚だった。

「その技、東洋の武術だな……我が国では『バリツ』と呼ばれている」

ドレッドノートの声には、わずかにもダメージを負ったような色はなかった。

「だが、残念だな。我が心の臓も、すでにワイルティアに奪われ、生身ではないのだ」

豪と唸《うな》りを上げて、ドレッドノートが拳を繰り出す。

ルートはとっさに防御するが、おそらくはかなりの手加減をされたであろうにもかかわらず、その一撃は彼の体をバラバラにしかねない衝撃を与えふっ飛ばし、一面を覆うガラス壁に叩きつけた。

「…………⁉」

船外船内の気圧差や、あらゆる衝撃を耐《た》えることを計算して備えられた強化ガラスに、蜘蛛《くも》の巣のようなヒビが走る。

「残念だ。ワイルティアの兵士よ。貴殿とは、生身であった頃《ころ》に戦いたかった」

ドレッドノートが、頭部を覆っていたカブトのバイザーを上げる。

現れたのは、ルートよりも一回りは年上であろう、精悍《せいかん》な顔つきだった。

「私の生身の部分は、首から上だけだ。他は全《すべ》て機械に変えてしまったのだ」

関節技も、「龍吼《りゅうく》」も効かないわけだ。

ルートの戦い方は、元兵士の頃に培った、「人間を殺す技」である。

人間でないものを倒せる術は、彼の中にない。

「あ……が……がはっ………」

言葉を放とうとするが、口から出てくるのは血混じりの胃液のみ。

「デフェアデッド号の爆撃で失ったのは、家族だけではないということだ。内臓も失った以上、この口もただのスピーカーだ。紅茶を飲むこともできん」

露《あら》わになったドレッドノートの顔に、悲壮感はなかった。

すでにもう、そんな次元に彼はいないのだろう。

悲しみの感情すら鋼に変えてでも、この船を世界から消し去ると誓ったのだろう。

「貴殿はよく戦った。その敗北は罪にはならぬ。私はもはや人ではないのだからな」

ゆっくりと、ドレッドノートは近づく。

ルートにとどめを刺《さ》すため。

「あの場にいた、貴殿の連れの少女か……せめて苦しまぬよう一撃で命を刈り取るため。せめて彼女《かのじょ》だけでも、脱出ポッドに乗せておこう。このような体で勝利を掴んだ、せめてもの罪滅《つみほろ》ぼしだ」

それを聞いて、ルートは心の何処《どこ》かで、「なら、いいか……」と考えてしまった。

（俺《おれ》はここで死ぬのか……まぁ、なんとなく……そんな気はしてたなぁ……）

自分もまた、ドレッドノートが恨み、憎んだ、ワイルティアの軍人だ。

彼には復讐《ふくしゅう》する権利があるし、自分にはそれを受ける義務がある。

（軍をやめてたった二年……その中でも数カ月だったが、楽しかったしな……）

自分の焼いたパンを食べてくれた人たちが、喜んでくれた。

美味しかったと言ってくれた。

その時の、自分の中の大きな穴が埋まったような感覚。

あの幸せを味わえたのだから、よしとしておこう――

（いや、違う……！）

振り上げられたドレッドノートの拳が、大砲の砲弾のように撃ち放たれる。

「まだ、だ……！」

その寸前、もう動かないと思っていたルートの体は、倒れるように横に動き、その一撃をかわした。

「往生際が……悪いな」

少しだけ落胆したようにこぼすドレッドノート。

狙いを外した拳は、ガラス壁を砕き、内外の気圧差から、凄まじい風が渦巻く。

その中で、ルートは脚を震わせながらも立ち上がる。

「違う……俺は、罪滅ぼしでパンを焼いたんじゃない……」

朦朧《もうろう》としながら、言葉を吐くルート。

「嬉《うれ》しかったんだ……ただ、それだけだ……誰かを、少しでも笑顔《えがお》にできた時、嬉しかった。どれだけ人の殺し方がうまくなっても得られなかった……初めて、世界の中に、自分がいるって思えたんだ……生きててよかったって、思えたんだ……」

「意識が混濁しているのか？」

ふらふらとよろめきながら語るルートを前に、ドレッドノートはわずかに困惑《こんわく》する。

「俺は、生きたいんだ……生きていることを喜びたい。自分の命が、捨てたもんじゃないんだって、証《あか》したい……」

そこまで言ったところで、ルートは意識を失い、力を失ったように膝をつき、その場に倒れた。

いや、先の一撃を避《さ》けたことすら、無意識のものだったのかもしれない。

生きたいという、ルート・ランガートの魂《たましい》の希求が、彼を動かしたのだろう。

「さらばだ」

だが、その最後のあがきも終わった。

圧倒的《あっとうてき》な殺傷力を誇るドレッドノートの拳が、三度引き絞られる。

「いえ、終わるのはあなたですわ」

彼の背後に、いつのまにか立っていた何者かが、声をかけた。

(なに……⁉)

ドレッドノートは驚《おどろ》いた。

機械によって強化された彼の知覚能力は、常人を凌駕《りょうが》する。

さらには、元となった彼自身、歴戦の兵士である。

ここまでの接近を用意に許すほど、戦場で油断はしない。

「バカな⁉」

なにかの聞き間違いかと思うほどの、それこそ、砕けた窓から吹き出る空気が、そのように聞こえたのかと思い、後ろを振《ふ》り返《かえ》る。

その彼の体に、可憐《かれん》な、華奢《きゃしゃ》と言ってもいい少女が、渾身《こんしん》の力をもって蹴りを放った。

「ご……………!?」

ドレッドノートの体には痛覚は存在しない。

機械の体に、痛みなど必要ない。

痛みによる声ではなく、純粋な、驚愕《きょうがく》の声だった。

二メートルを超《こ》す巨体《きょたい》。重量は二百キロを超すだろう自分が、たった一発の蹴りで宙を舞い、飛ばされたのだ。

「よくも主さまを……よくも大尉を……よくもよくもよくもよくも!!!」

少女は掛《か》けていた遮光メガネを乱暴に外し、全霊の殺意込めた赤い瞳《ひとみ》を輝《かがや》かせている。

それだけではない、少女の黒髪《くろかみ》が、彼女の怒りに同調するかのように浮かび上がる。

その髪《かみ》は高熱を放ち、彼女の本来の髪色を隠《かく》していた染料を蒸発させ、黒い煙を吹き上げていた。

「何者だ……お前は……」

「うるさい……貴様ごときに、主さまに捧《ささ》げし我が名を語る必要はない！」

銀色の髪に赤眼《せきがん》――トッカーブロートの看板娘《かんばんむすめ》にして、人間型猟兵機スヴェルゲン・アーヴェイは、「戦乙女のように凛々《りり》しく」などといった生易しいものではなく、「終末の日に現れる破壊天使」のように、激しい怒りをたぎらせていた。

この時スヴェンは、己《おのれ》の体内のリミッターを、ほぼ全て解除していた。

これ以上力を振るえば、自身の体を構成する人工骨格すら砕けてしまう、ぎりぎり一歩手前である。

彼女の髪は、ただの飾《かざ》りではない。

一種の放熱器、ラジエーターの役割も果たしている。

彼女の心のありかでもあり、力の源でもあるレザニウムリアクターが莫大な熱エネルギーを放出し、それを排出しきれず、波を打つように浮かび上がっているのだ。

「貴様は殺す……絶死だ!!」

怒声《どせい》を上げるスヴェンを、ドレッドノートは、目の前に立つ者が、少女だとは認識《にんしき》できなくなった。

外見から与《あた》える視覚認識をかすませるほどのなにか――彼女に比べれば、首から下の全てを機械に変えた自分の方が、まだ人間らしい。

「おのれっ！」

拳を振り上げ、ドレッドノートは攻撃《こうげき》をかける。

彼女の出方を待つのは危険。

何気ない初手だけで、勝負を決される恐《おそ》れを感じた。

「…………！」

ドレッドノートの繰り出す豪腕を、スヴェンは最小の動きをもって、紙一重で躱《かわ》す。

躱された、攻撃が無駄《むだ》に終わった。

そのはずなのに、ドレッドノートの中にはある種の安堵があった。

避けたということは、自分の攻撃がある程度の影響《えいきょう》を与えるということ——

目の前の少女が、地獄から湧き出た悪魔《あくま》の化身かとも思いかけてきた彼にとって、それはわずかだが希望だったのだ。

(反撃を許さぬほどの連続攻撃を繰り出せば……いざとなれば、相打ちには持ち込める！)

さらなる追撃をかけようと、再び拳を放とうとしたところで、それは起こった。

「なっ………⁉」

ドレッドノートの右腕、先ほどの第一撃を放った彼の腕が、関節からボロリと外れ、床に落ちた。

「バカな……いったい何が……⁉」

「やかましいブリキ細工ですわね」

冷淡につぶやくスヴェンの手には、何かの機械の部品が握られていた。

「避けるついでに、あなたの関節部をもぎ取ってやっただけですわよ」

「――――!?」

それは、ドレッドノートの右腕関節部の、ジョイントパーツだった。

ドレッドノートは勘違いをしていた。

スヴェンが避けたのは、彼の攻撃にわずかでも脅威を感じたからではない。

ルート以外の男に、我が身を触れさせたくなかったからだ。

そして、そのついでに、汚らわしい男の腕を、使えなくしてやっただけ。

「機械兵でございますか……愚かな者たちですわね。あなた方は、わたくしが求めてやまないものを最初から持っているのに、それを捨てて半端《はんぱ》なブリキ人形に成り下がるとは」

スヴェンにとって、ドレッドノートやサザーランドの存在は、愚の骨頂としか言いようがなかった。

かつて自分が猟兵機だった時、どれだけ願っても、愛しい人に触れる、やわらかな手を得られなかった。

「憐れな男ですわ。人の身であったならば、主さまと人として戦い、人として勝敗を決せられたでしょう。でもあなたは人であることをやめた。ただの兵器《バケモノ》に成り下がった……」

自分と同じ、人ならざる者になった。

「なれば、あなたにくれてやりましょう。敗北でもない、死でもない、壊されるという終わり方を！」

言うや、スヴェンは右手を引き絞り、形を作ると、まるで弩弓《どきゅう》を撃ち放つがごとく、鋭《するど》い手刀を繰り出す。

「う、うおおおっ⁉」

身構えるドレッドノート。

彼の全身の重甲冑のような姿は伊達《だて》ではない。

どれだけ鋭いナイフでも、ライフルの斉射でも、彼の装甲は貫けないだろう。

しかし、スヴェンの手刀は、ケーキにナイフを刺し込む以上にたやすく彼の胴体に突《つ》き刺さる。

「おおおおおっ‼」

スヴェンの攻撃はそこで止まらなかった。

力を込め、肉をえぐるように、ドレッドノートの装甲を力任せに引き剥がす。

鋼鉄の装甲は引きちぎられ、露出する機械部分に、手を食い込ませ、乱暴に内部機器を引きちぎる。

　スヴェンは、猟兵機アーヴェイだった頃の主動力炉であるレザニウムリアクターを体内に移植している。

　猟兵機であった頃の力の全てを、今の体でも発揮できるわけではないが、それでも、か弱き乙女にしか見えぬ体に、全長八メートルの鋼鉄の巨人の力が宿しているのだ。

　たとえその半分の力しか使えなくとも、人間サイズに凝縮された彼女の手は、握力だけでも石を砂に変え、鉄を引《ひ》き裂《さ》くほどの力を持つ。

「やめろ、やめろおおおっ!!」

　ドレッドノートは叫《さけ》ぶ。

　彼には、痛覚は存在しない。

　しかし、無言で、黙々と己の体を引きちぎるスヴェンの姿は、生きながら食い殺されているような恐怖《きょうふ》を与えた。

　そう、まるで、神話の中で語られる、神々のはらわたを食い破ったという、「白銀の狼《フェンリル》」を見るような。

「う……ううん………」

どれくらい眠《ねむ》っていたのか、ルートが意識を取《と》り戻《もど》すと、全ては終わっていた。

皆《みな》が死に果て、自分もあの世に行ったという意味ではない。

ドレッドノートは倒され、目の前には、泣きはらすスヴェンがいた。

「主さま～……良かった、お目覚めになられて……このまま眠り続けてらっしゃったらどうしようかと……十年でも二十年でも永久におそばでお世話させていただく所存ではありますが、お声を聞けなくなるのはあまりにもうううう……」

感極《かんきわ》まったのか、自分で口にした悲劇的なシチュエーションに、自分で涙《なみだ》している。

「大丈夫……大丈夫だから……あたたたた」

「ああ、ご無理をなさらないで！」

機械兵ドレッドノートを前にして、生きているだけで儲けものではあったが、肋骨の何本かにヒビを入れられたらしい。

拳を受けた腕も、上手《うま》く動かせない。

「君が、倒したのか？」

ラウンジの端《はし》に倒れる、腕をもがれ、胴体を食い破られたように砕《くだ》かれ、スクラップ一歩手前となったドレッドノートを目にして、ルートは尋《たず》ねる。

「えっと、あの……はい」

答えづらそうなスヴェン。

まるで、花瓶を割ってしまい、母親に怒られるのを怯《おび》えている幼子のようだった。

「ですが、その……主さまが、あんな目に遭わされては……わたくしも、その……」

「わかってる」

以前、いつも己の命を軽んじる自分に、スヴェンは我が事以上に取り乱し、「自分の命ももっと大切にしてくれ」と訴《うった》えた。

「でもさ、今回は……俺、死ぬの怖かったんだよ」

「主さま……？」

最後の最後で、死を受け入れることを拒絶《きょぜつ》したあの僅《わず》かな時があればこそ、スヴェンの到着《とうちゃく》が間に合った。

「死ななきゃわからないほどじゃなかったみたいだけど、バカであるには変わりないみたいだなァ……俺は生きたい。生きて、もっとたくさん、生きててよかったって思いたい」

死に瀕《ひん》して初めて、自分の中の生への渇望に気づいた。

ルートは困ったような、それでいて少しだけ嬉しそうに、顔をほころばせる。

「それでいいんです。主さま……生きたいと願うことは、生き物の当たり前の欲求なんですから」

そんな彼を見て、スヴェンもまた、嬉しそうに微笑《ほほえ》んだ。

「全く、いつもアーヴェイには迷惑かけてばっかだな……」

「いえ、いいんですのよ。それがわたくしの使命なのですから…………え？」

ルートのつぶやきに、スヴェンは満足気に頷《うなず》くが、しばしして、驚いたように目を見開く。

「あの、主さま……？」

「スヴェン……すまない、俺を、あの男のところまで連れてってくれるかな？　まだ足が……上手く立てないんだ」

「え、ええ……」

まるで何事もなかったかのように続けるルートに、スヴェンは問いなおすきっかけを失い、言われるままに彼に肩《かた》を貸して、ドレッドノートの元へ連れて行った。

「まだ、生きているか……？」

胴体は引き裂かれ、腕は千切れ、人間ならば死んでいなければおかしい状態だが、機械兵となった彼には、人間の常識は通じない。

「かろうじて、だがな……」

弱々しい声で、ドレッドノートは答える。

彼は、首から下の全てを機械に変えた存在。

ゆえに、脳に血をめぐらせる心臓も、酸素を取り込む肺も、ことごとく胴体に内蔵された生命維持装置で代用している。

おそらく、その機能が停止しかかっているのだろう。

「最後の爆弾《ばくだん》はどこだ……教えてくれ」

「それは……できんな」

それは、ドレッドノートの最後の意地だったのだろう。

生身の体で戦いを挑《いど》んだルートが、もしそれでも自分に勝利したのならば、彼は潔くありかを教えたのかもしれない。

だが、半端な機械に身を貶《おとし》めたことで敗れたのだと、スヴェンに言われたも同然な敗れ方をしたことで、せめて全てを巻き込み、自分の命と引き換えに恨《うら》みを晴らすことで、一矢報いようとしていた。

「どうしても、デフェアデッド号を落とさなければ気がすまないか」

「ああ、この船は沈まねばならぬ。罪無き者たちを無差別に虐殺したワイルティアに、その痛みを少しでも返すためにも……」

「俺の両親は、グレーテン帝国《ていこく》に殺された」

なおも意志を曲げぬドレッドノートに、ルートは静かな声で告げる。

「なに……!?」

「え……?」

その小さな一言は、ドレッドノートだけでなく、スヴェンすら驚かせる。

ルートは、少年兵だった頃のこともあまり語らなかったが、さらにその昔のことは、ほとんど、口にしたことはなかった。

しかしあえて、ルートは語る。

「うちの親は商人でな、これでも、そこそこ裕福《ゆうふく》な家だったんだ」

ルートの父が営むランガート商会は、貴族にも顧客《こきゃく》を持つ、それなりに繁盛《はんじょう》した大店《おおだな》で、国内だけでなく国外にも販路を持っていた。

「だけど大戦が始まって、グレーテンが宣戦布告してすぐの事だったよ。俺の両親は大急ぎで帰国しようとして、その途中《とちゅう》、乗っていた船を沈められた」

通常、二国間が戦争を行った場合、両国に取り残された民間人は、一定の期間を設け、帰国することが許される。その間に、互《たが》いの国の領海を通過しても攻撃してはならないというのが、国際法の常識である。

だが、ルートの両親のいたグレーテンの同盟国アルハドラ王国は、エウロペアの最西端に位置し、船の数も限られていた。

このままでは取り残され、収容所送りとなる。

焦った人々は、自分たちで船をチャーターし、母国へと向かった。

だが、事前に中立船として登録されていない船が領海に入ったことで、グレーテン海軍は警告なしに砲撃を行い、船は轟沈《ごうちん》した。

「乗員乗客、千人以上、みんな死んだそうだ」

「そ、それは……」

「わかっている。その船には、中立船としてひと目で分かる塗装も施《ほどこ》されておらず、撃《う》たれても仕方がなかったんだろうな。でも、ただ母国に帰りたいと焦った、罪なき人たちだったのも事実だ」

ルートの声色に、責める姿勢はない。

ただ、事実だけを伝えていた。

「その後俺は、親の財産をだまし取られ、浮浪児《ふろう》になって、軍に拾われて少年兵になった……あいつらと同じだな」

グレーテンへの恨み、そういったものが、なかったわけではない。

だが、それが理由で軍に入ったわけでもない。

そんなこと考えていられるような余裕もないほど、その日を生きるのに必死だった。

「だから、許せというのか……お互い様だから……そんな理屈《りくつ》で、片付くのか！　私も、貴殿も！」

「いや、そりゃ無理だよ……あっちも百人死んだから、こっちが百人死んだことを許せって言われても、そんなの関係ないさ」

大切な家族の、愛《いと》しい恋人の、親しい友人の命を、見たこともない誰かの命と引き換えにしろと言われて、うなずけるものではない。

「でも、俺は軍人になっちまった。アンタもそうだろ……俺たちは、国のお墨付きを得て人殺しを許されて、メシ食ってきたんだ……その俺たちが、恨みで誰かを殺しちゃいけない……違うか？」

兵隊は、戦争という名目で人を殺しても、当たり前だが、罪にはならない。

人を殺すことが、当たり前で、罪にならないのだ。

ルートはグレーテンに両親を殺された。

だが、ルートが戦場で殺してきた敵兵たちにも、子がいた者もいただろう。

「憎しみの連鎖を断ち切れだとか……そんな、キレイ事じゃないんだ……俺たちは、俺たちだけは、その一線を守らなきゃ、ホントにただの人殺しになっちまう」

ルートは、過去に参加した大量殺戮作戦《たいりょうさつりくさくせん》の罪を、未だに背負《せお》っている。

それを捨ててしまえば、本当に自分が人間でない何かになってしまう気がしたのだ。

「そうやって……死ぬまで生きるつもりか、貴殿は？」

「死んじまえば楽なのかもしれないけど……それでも生きたいんだよ、俺」

ドレッドノートとルートは、互いに、じっと見つめ合う。

二人の間に、沈黙《ちんもく》が広がる。

かたや、憎しみを晴らすために、過去を覆すために、半ば人をやめた男。

かたや、人であり続けるために、過去を背負い、憎しみを受け入れた男。

「紅茶を……」

ふと、ドレッドノートが沈黙を破る。

「紅茶を一杯くれないか？」

「え、でも……」

ドレッドノートの要求に、スヴェンは戸惑《とまど》う。

彼《かれ》の体は、首から下はすべて機械である。

心臓もなければ肺もない、ましてや消化器官などあるわけがない。

彼はもはや、飲食が不可能な存在なのだ。

「スヴェン、お願いできるかな」

だが、ルートはそれに応えた。

サロンの端には、ちょっとした軽食も出せるカウンターがあり、紅茶も常備されていた。

戸惑いながらも、スヴェンは紅茶を淹《い》れる。

一番高級な茶葉を、最も適した淹れ方でカップに注いだ。

「手伝うか？」

「失礼なことを言うものではない。グレーテンの紳士がそんな無作法はできんよ。ちゃんと自分で飲むさ」

ルートの申し出を、ドレッドノートは苦笑いで返し、かろうじてまだ稼働《かどう》する左手で、ぎこちない動きで口に運んだ。

「不味いなぁ……ワイルティアの紅茶は、やはり不味い」

「何言ってますの。これはムガル産の最高級茶葉で――」

「そうではない」

抗議《こうぎ》するスヴェンに、ドレッドノートは、笑って答える。

機械の体を得たことで、彼は味覚も失っている。

そんな理由ではないのだ。

「やはり、我《わ》が家で、我が妻が淹れてくれた一杯のほうが、ずっと美味《うま》かったよ」

どれだけ体を機械に変えても、決して変わらぬ、人であったころの記憶。

「ワイルティアの兵士……確か、名はルート・ランガートとか言ったな？」

ドレッドノートが立ち上がる。

もう戦いに耐えられる状態ではない。

片膝を立て、巨体を起こすだけで、体のあちこちからビスが飛び、オイルが鮮血のように噴き出している。

「ああ、だが今は、ただのパン屋だ」

「そういえばそう言ってたな……変装《へんそう》などと言って失礼した」

足を引きずりながら、少しずつ、ガラス壁《へき》の前に向かう。

「取り引きだ……あの子らを、私の部下たちを……私が、憎しみの道具として利用してしまった彼らを、人間に戻してやってくれ。その代わり、爆弾は解除しよう」

すでにルートとの戦いで穴の空いたガラス壁には、無数のヒビが走っている。

その向こうには、何もない空が広がっている。

「…………わかった」

「世話をかける」

深くうなずき、取り引きに応じたルートに、ドレッドノートは満足そうに微笑むと、左腕を振り上げ、残った力を込めて、ガラス壁に拳を叩《たた》き込《こ》む。

全てが砕け散り、外を隔《へだ》てるものはなくなる。

「さらばだ。ワイルティアのパン屋よ」

そう言うと、彼は倒れるように、空にむかって身を投げた。

「ドレッドノート!?」

窓に駆け寄るルート。

徐々《じょじょ》に高度は落ちてきているとはいえ、それでも千メートル以上の高さはある。

ドレッドノートの体は、重力に絡め取られ、あっという間に小さくなり、見えなくなる。

その直後、赤い閃光《せんこう》を上げすさまじい爆発《ばくはつ》が起こった。

「ぐっ――――!?」

八方に広がる衝撃は、巨大《きよだい》なデフェアデッド号すら揺らめかせる。

この爆発が船内で起こったならば、乗員乗客全て巻き込み、船は轟沈していただろう。

「これは……ゼオムボマー……ですの!?　そういうこと………」

ドレッドノートの機械の体を動かす動力源たる、レザニウムリアクターを暴走させての、自爆――最後の爆弾は、〝最期〟の爆弾でもあったのだ。

「命がけ……いや、最初から命と引き替えにする計画だったのか」

ドレッドノートの執念をあらためてルートは痛感する。

そして同時に、それだけの覚悟《かくご》で挑んだものを引き上げてくれたドレッドノートに、静かに瞑目《めいもく》することで、その死を悼んだ。


それから一時間も経たずして、ようやくデフェアデッド号は、ペルフェ旧首都ポナパラスに着陸する。

従来の着陸シークエンスを無視した、一種の強行着陸だったが、飛空船ゆえのゆったりとした動きに、地上での被害《ひがい》は軽微ですんだ。

少なくとも、首都中心で爆発炎上《ばくはつえんじょう》し、炎の塊《ほのおのかたまり》となって落ちた被害に比べれば、ないに等しいものだろう。

船からの連絡《れんらく》が途絶《とだ》えたことで、非常事態を察したワイルティアのポナパラス駐留《ちゅうりゅう》軍が駆けつけ、即座《そくざ》に救助行動に入った。

被害は、船長を始めとした操船スタッフや警備員を始め、パーティーでの客、さらに階下でのパニックも合わせ、死者八十余名。けが人は重傷・軽傷あわせ、百人を超《こ》した。

これもまた、轟沈し全員が死亡した事態に比べれば少ないが、ワイルティアの威信《いしん》をかけて行った一大イベントは、完全に潰された形となった。

「俺たち、どうなるのかな……」

そんな中、軍の船内突入と同時に捕らえられた少年兵たちは、デフェアデッド号の着地場所の脇《わき》にある空き地に、まとめて勾留《こうりゅう》されていた。

「決まってんだろ……反逆者だもん、殺されるんだよ……」

「ドレッドノートさんたちも死んだし……僕《ぼく》らも死ぬのか……」

十二人の少年少女たちは、これから自分たちに振りかかるであろう事態を想像するだけで、ただ重苦しい表情になっていた。

彼らはグレーテン帝国の特務部隊の走狗《そうく》となって破壊《はかい》活動に加わった。

計画が失敗した以上、捕虜として勾留され、グレーテン側に通知される。

しかし、グレーテンが彼らの存在を認めることはしないだろう。

ドレッドノートやサザーランドが「自分たちはグレーテンの特務兵だ」と語ったが、それだけでは証拠にならない。「勝手に言っているだけだ」とシラを切られればそれまでである。

最初からそういった事態も想定して、あらゆる証拠は全て処分されているだろう。

そうなれば、彼らはワイルティア軍が好きにしていいことになる。

生かすも殺すも、見せしめとして、処刑することも可能になる。

「なぁ、ストル……俺たち……」

「うるせぇな！」

仲間に声をかけられるも、リーダー格の少年──ストルは、怒声で返すのみだった。

（なんでこんなことになっちまったんだろう……）

未来も希望もないなら、せめて不条理な世界に逆らおうとした。

自分たちは、ただ人間らしくありたかっただけだ。

（俺たちは、生きてちゃいけなかったのかよ。戦争の時に一緒《いっしょ》に死んどけばよかったってのかよ……）

どれだけ回り道しても、結局最後に、野良犬《のらいぬ》のように処分されるゴールしかなかったことに、ストルはただ悔しく、悲しかった。

「腹、減ったな……」

ポツリと呟《つぶや》く。

死に瀕しているからこそ、体が生きようと望むのか、空腹が襲ってきた。

「生きててもしょうがねぇのに……なんで腹減るのかなぁ……」

その時、少年の鼻を、甘《あま》い匂《にお》いがくすぐった。

「なんだか、いい匂いがするな……」

そう感じたのは自分だけではなかった。

他の少年兵たちも、顔を上げ、きょろきょろと辺りを見回す。

小麦の匂い——焼《や》きたての、パンの香《かお》り。

匂いのする方を見ると、デフェアデッド号の方から、ルートたちがやってくる。

手には、今さっき焼き上げたのであろう、山盛りのパンを持って。

「よかった……間に合った……」

着陸後、ルートは傷の手当もそこそこに、スヴェンの手を借りながら、パンを焼いた。

彼らに、食べてもらうために。

「腹、減ってるだろ？　食って……くれないかな……？」

パン屋と呼ぶにはあまりにもいかつい顔が、必死になって、さらにこわばっている。

「同情のつもりかよ……ふざけんな……」

ストルは、最後の意地をかき集め吐《は》き捨《す》てるように言う。

しかし、空腹のあまり、わずかに、トレイの上のパンに視線を向けてしまう。

「な、なんだ……これ……？」

思わず、目を丸くしてしまった。

「これ……カメか？」

「こっちはアレだよ、犬だよ！」

「鼻のところが赤い……これ、もしかしてベリーをのっけてるの⁉」

他の子どもたちも、それを見て、口々に驚きの声上げる。

ルートが焼いたのは、いくつもの菓子《かし》パンだった。

疲れた時には甘いモノがいいというだけではない。

子どもは甘いモノが好きだし、きっと喜んでくれると思ったのだ。

だがさらに、彼はもうひと手間加えた。

犬やウサギやネコ、カメにカニ、様々な動物をデフォルメした形にして焼き上げたのだ。

「あ、あのさ……俺……その、どーも子どもから怖《こわ》がられちゃって……味は悪くないみたいなんだけど……だからさ、こういう形にしたら、喜んでもらえるんじゃないかなーって」

散々悩《なや》んだ挙句、彼がたどり着いたのがこれだった。

そのために、小学校の図書室にある絵本を片っ端から借りてデザインの参考にし、焼き上げた時の焦げ目の付き具合まで計算して、研究に研究を重ねて作り上げた。

「バカじゃねーの……」

オレンジのはちみつ漬けをあしらった、ライオン形に焼き上げたパンを手に取り、ストルはつぶやく。

「パンってのは、こんなんじゃねーよ……」

ストルが、ぶすっとした顔で声で言うと、ライオンのパンにがぶりと噛《か》み付《つ》いた。

「なんだよこれ……柔《やわ》らかくて、甘くて、すげぇいい香りで……」

文句を言いながら、ガツガツと食べ続けている。

「パンってのはな、硬《かた》くて、ぼそぼそしてて、味もなんもなくて、カビが生えているようなもんなんだよ！」

それは、ストルが野良犬同然に押《お》し込められていた、救貧院で給されたものなのだろう。

「なにが、〝食ってくれ〟だよ……投げつければいいじゃねぇか。犬に恵んでやるみたいに……」

食べながら、ストルはボロボロと涙をこぼし始めていた。

彼が食べているのは、餌《えさ》のように投げよこされたものではない。

食べてほしいという願いを込めて、あれやこれやと頭をひねって作り上げられた、思いの結晶である。

「なんだよ……うめーんじゃん……パンって……」

そんな当たり前のことすら思い出せなくなっていた少年の心を溶かすだけの力を、ルートのパンは持っていた。

「た、食べていいの……？」

「お、俺《おれ》も……！」

「あたし、このうさぎのがいい！」

リーダー格のストルが食べているのを見て、他の子どもらも、次々と手を伸《の》ばす。

「おいしい！」

「これなんだ？　甘いペーストみたいなのが詰《つ》まってて……でもうまいぞ！」

「ふわふわしてるのにサクサクしてて、私これ好き！」

銃《じゅう》を持って、憎しみに顔をこわばらせていた子どもたちが、本来彼らが持っていてしかるべき、持っていなければならない顔に――笑顔《えがお》に戻っていた。

「はいはいはい、まだまだ山のよ～にございますから、好きなだけ食らうがよいですわ」

トレイに山積みになったパンを、スヴェンが次々と配っていく。

パーティー用に用意していた、ちょうどいいくらいに熟成されたパン生地《きじ》は、十二人かそこらの子どもらを、腹一杯にするには十分である。

「うまそうだな。私にも一つもらえるか？」

「ええ、ええ、どーぞどーぞでございますわ。なんになさいます？　キリン？　馬？」

背後からかかった声に、スヴェンが答える。

「狼はないのだな」

「ルンテシュタット少佐《しょうさ》⁉」

振り返ると、そこに立っていたのは、ボロボロのドレス姿から、元の軍服に着替《きが》えた、ソフィアだった。

毅然《きぜん》とした顔で立っているが、片足の傷が堪《こた》えているのか、わずかに姿勢が傾いている。

「後ろめたさの埋め合わせか？　自分の無力を埋め合わせているつもりか？」

ソフィアの口調は、辛辣《しんらつ》だった。

今は笑顔にすることは出来ても、彼らに待ち受けているこれからを考えれば、それは一時しのぎでしかない。

ルートの行動は、彼女《かのじょ》にはその事実から目を背《そむ》けているように見えたのだろう。

「俺はパン屋だ。パン屋はパンを焼くことしか出来ない。だからパンを焼いた、それだけだ」

しかし、ルートはそんなソフィアの目を、今度は逸らそうとはしなかった。

「でも、隊長は、違うでしょう？」

「キサマ……まさか……私にこの子どもらをどうにかしろと言っているのか！　私は所詮一士官でしかない。できることには限度がある」

「軍人としてはそうです。でも……」

名家ルンテシュタット家の令嬢《れいじょう》としてなら、発言力も変わる。

しかし、家の威光《いこう》を笠に着ることはソフィアが最も嫌《きら》う行為《こうい》である。

「私に家の名を使えと？　法規を逸し、特別扱《あつか》いしろと、そう言っているのか！」

「この子らは、俺たち軍人の犠牲になったようなもんだ。罪を免じろと言わない。せめて、更生する機会を与えて欲しい」

「戦災孤児が何千人いると思っている！　たかが十二人救ったくらいで、何も変わらん！」

「でもアンタは、俺を救ってくれただろ、ソフィア！」

「ぐっ――――!?」

この日、ルートは初めて、ソフィアのことを隊長ではなく、名前で呼んだ。

「俺が少年兵としても、特務の兵としても役立たず扱いされた時、アンタが俺を引っ張りあげてくれた。そうじゃなきゃ今頃どうなってたかわからない……パン屋になりたいって夢も、持つことが出来なかった」

「待て……ちょっと落ち着け……少し、離《はな》れろ……」

いつの間にかルートは、ソフィアと息がまじりそうになるほど顔を近づけていた。

それどころか、彼女の言葉に反して、離れるどころか、両肩を掴《つか》み、強く訴えている。

「俺、パン屋やってて幸せなんだ。罪滅《つみほろ》ぼしとか、罪悪感とか、そんなんじゃない！　自分の作ったもので人が笑顔になってくれて……それが嬉《うれ》しいんだ！　全部ソフィアのおかげなんだよ！」

「だ、だから……顔近い、顔近い、顔近い!!」

ソフィアの顔はみるみる赤くなっているがルートは気づかない。

「俺にデフェアデッド号のパーティーに出るなって言ったのも、事情を知ってたんだろ？　だから、俺のこと気遣ってやめさせようとしてくれたんだろ？」

船内での、ルートたちへの冷遇、あくまで宣伝用として呼ばれたという事実。

「ソフィアは本当はすごく優《やさ》しい人じゃないか！　本当は、ソフィアだってこの子たちをなんとかしてやりたいって思ってるんだろ！　だから、お願いだ！　なんでもするから！」

「なんでもってお前、なんでもって……!?」

真っ赤になったソフィアは、目をグルグルと回し、言葉もうまく紡げなくなっている。

「お願いだ！　ソフィアねえさん！」

そうしている間にも、説得を続けるルートが、ダメ押しのように放った最後の一言に、

「ひゃふんっ！」

ソフィアは背中を反らせて、その場に倒れる。

「あ、ゴメン……ソフィアねえさん……じゃなくて、隊長」

「い、いまさら遅いわバカもの……」

地面に転がりながら悶絶《もんぜつ》しているソフィアに、ルートは頭を下げる。

「あ、主さま……ねえさんって？」

いきなり出てきた言葉に、スヴェンは驚《おどろ》く。

彼の公式記録に、姉などいないことは知っている。

二人が血縁関係にあるなど全くの初耳だった。

「いや、昔、ウチの家が商人で……そこの出入り先がルンテシュタット家だったんだ。それで、仲良くなって……昔から、弟みたいに可愛《かわい》がってくれてて……」

幼少の頃はいじめられっ子だったルートを、貴族の令嬢とは思えないほどのおてんばっぷりを発揮していつも守ってくれたのが、ソフィアだった。

ただし、いつまでも泣いていると、「びーびー泣くな」と、いじめっ子よりも強くげんこつをかまされたものである。

要は、姉弟同然の幼なじみということなのだ。

「ん……ちょっとお待ちくださいませ……？　それって……あの……その頃、お泊まりとかされたことございますか？」

「え……？　ああ、何回か、ルンテシュタットのお屋敷に泊まったことがあるよ。隊長の部屋のベッド大きかったから、子ども二人が寝ても余りまくりだったなぁ。なんせ五歳くらいの頃だからね」

「あ～～～～～～そーゆーことで……」

ソフィアが、船の中で言った「ルートと同じベッドで寝たことがある」という発言は、男女のそれというより、完全に、そのままの意味だったのだ。

「でも、ねえさんって呼ばれるのそんな嫌《いや》なんだな。部下になった時に、公私の区別付けるためにやめるようにしてたんだけど……」

「いや、えっと、あの～……主さま？」

どうやらルートは、ソフィアがなぜ悶《もだ》えているのかわかっていなかったらしい。

ソフィアにとって、ルートは可愛い弟も同然なのだろう。

日頃《ひごろ》は、上官や、軍人としての殻をかぶって顔に出《だ》さないようにしていたようだが、「ねえさん」と呼ばれて、耐《た》え切れなくなってしまったのだろう。

「あうう……わ、わかった……なんとかする……すればいいんだろこのバカ！」

ようやく悶絶から立ち直ったソフィアが、荒い息を吐きながら立ち上がる。

「本当⁉　よかった……やっぱり隊長は優しい人だ……」

ホッと、安堵《あんど》の息を漏《も》らすルート。

「勘違《かんちが》いするな。確かにこの子らの境遇《きょうぐう》に同情はするが、それだけで動いたんじゃない……お前の、頼《たの》みだからだ――バカが！」

そう言うと、ソフィアはトレイの上のパンをつかみとり、背中を向けた。

「賭《か》けは一応お前の勝ちだ」

「賭け？　ああ……え？」

船の乗客が、一人でも美味いと言えば、無理やり軍に連れ戻すのはやめる――

そういう賭けをしていたのだった。

「そこの子どもらも、一応は乗客として乗ってたわけだからな……ふん！」

言いながら、ソフィアは手に持ったネコ形のパンをかじりながら、ずんずんと軍靴《ぐんか》を踏み鳴らし去っていく。

「たまには便りくらい寄越せ！　バカもの！」

そのまま、一度も振《ふ》り返らずソフィアは去っていった。

しかし、ルートはその背中に、幼いころ、姉同然に接してくれた少女の笑顔を重ね見た。

「ありがとう……ございます」

自分のような人間にも、思ってくれる人たちはいる。

それなのに、軽々しく命を投げ打つようなことをするのは、その人たちへの侮辱《ぶじょく》になる。

でも今は、それに気づけたことが、少しだけ、誇らしかった。


一人歩みながら、ソフィアは、物思いに耽《ふけ》る。

ルートが家族を失った時、ソフィアの父は、ルントシュタット家は彼を見捨てた。

ソフィアはルートを捜したが、すでに彼は手の届かないところに行ってしまった。

再会したとき、心と左頬に深い傷を負ったルートを見て、彼女は後悔する。

自分がルートを守っていれば、あんな辛《つら》い目にあわせずにすんだ。

泣《な》き叫《さけ》ぶほど後悔した。

だから、今度は絶対に守ってやろうと思った。たとえ誰《だれ》を敵に回してでも。

「私は……少しは、お前を幸せにする手助けができたのだな……」

罪悪感、罪滅ぼし、贖罪《しょくざい》――ルートに突きつけた言葉は、彼女自身のものでもあった。

あまりにも大きく、重く、女としての自分の気持ちを打ち明けられないくらいの。

だが、少し、寂しさが胸を打つ。

頼りない弟分は、もう自分の庇護《ひご》を必要とせず、自分の場所を自分で作れるようになったのだから。

「こんなことなら……さっさと押し倒しちゃえばよかったかな……」

ポツリと呟き、ソフィアは袖で乱暴に目元を拭った。

終章

　王都ベルン、兵器開発局、局長執務室《しつむしつ》――

「以上が、本件の顛末《てんまつ》となります」

「なるほどねぇ～……」

　レベッカからの報告を聞き終え、ダイアンは一つ息を吐いた。

「そのドレなんとかさんも、まぁ言っちゃなんだが、哀れな人だよねぇ」

　デフェアデッド号轟沈計画――ドレッドノートは、自らの復讐《ふくしゅう》と、無差別爆撃を二度と繰り返させぬための、己《おのれ》の意志によるものだと思っていたのだろう。

　そしてグレーテンも、先の大戦での復讐のためだと、遂行したのだろう。

　しかし、それにしてはおかしなところが多すぎる。

　なぜ、ペルフェの子どもたちを少年兵に仕立て上げる必要があったのか？

　そして、なぜベルンではなく、ペルフェ旧首都ポナパラスに落とそうとしたのか？

　理屈の上では説明できる。

子どもたちならば、より見つかりにくく紛《まぎ》れ込ませることができるし、彼らの外見は十分武器となる。

ポナパラスも、現在のワイルティアには重要な都市だ。

しかし、その全《すべ》ては説明できるというだけで、絶対必要なことだったかと言われると、やや薄《うす》いのは否《いな》めない。

「なにせ、今回の事件、裏の裏で糸を引いていたのは、ワイルティア軍なんだからなぁ」

幼きペルフェの少年少女たちを欺き、兵に仕立て上げ、飛空船とともに未《いま》だペルフェ人たちにとって心の拠《よ》り所《どころ》たる旧首都を破壊する。

それがグレーテンの仕組んだことと分かれば、ワイルティアへの反感は、グレーテンを始めとした先の大戦での敵国に向く。

デフェアデッド号の空中パーティーの目的は、ワイルティアとペルフェの親善。

それは間違《まちが》いなかった。

ただ、〝少しばかり〟人命を使ってのものだったのだ。

「まったく、准将《じゅんしょう》閣下もエグい手を考える……あ、いや、今は中将《ちゅうじょう》？　どーでもいいけど」

それらは、ワイルティアが国がらみで行ったことではない。

ワイルティア軍の一派、ゲーニッツ中将ら〝主戦派〟と呼ばれる者たちだ。

彼らは、大戦の終結を快く思っていない。

ワイルティアはもっと勝てた。

エウロペア大陸の全ての国家を併合《へいごう》し、それどころか、オーガストや、新大陸まで併呑《へいどん》し、世界を統一できたと、真剣《しんけん》に思っている連中なのだ。

彼らにとって、終戦の平和はただの計画の停滞でしかない。

新たな戦争を、次の戦争を、さらなる戦争を求めている。

今回の一件は、そのための先導となるはずだったのだ。

参加者の名簿をよく見れば、それが分かるというものだった。

多くの貴族や商人、上流層が参加していたが、彼らの大半は、主戦派とは異なる派閥の支持者である。

中にはそうでない者もいるが、その場合は、次男坊三男坊などの、〝失っても痛くない者〟にしている。

「邪魔者を排除《はいじょ》し、かつワイルティア人にも怒《いか》りを与え、さらにはペルフェと感情を共有できる事件を起こす……無駄《むだ》がなさすぎて気持ち悪いね」

人間を徹底的《てっていてき》に駒《こま》と思わなければ、こうはいかない。

「ところで、あれは回収しておいてくれた？」

「了承《りょうしょう》」

レベッカが、ガチャリと金属音を立てながら、薄汚い革袋の中身を見せる。

そこに入っていたのは、デフェアデッド号内に残されていた、ドレッドノートの片腕と、そしてサザーランドの両腕だった。

グレーテン帝国《ていこく》の機械兵を開発したのは、かつてのダイアンの弟子の一人。

彼の下で学んだ知識と技術を土産《みやげ》に、栄達を目的に亡命した者だ。

「あれ……やだなぁこれ、血が付いてるじゃない？　汚いなぁ」

「陳謝……対象が抵抗《ていこう》したため、不可避《ふかひ》。同時に追加目入れを実行しました」

レベッカは陰ながらスヴェンたちの動向を監視《かんし》していた。

ただし、今回はダイアンからのいくつかの追加命令があった。

その一つが、「機械兵たちのサンプルの採取」そしてもう一つが、「いざというときは、可能な限りソフィアを守れ」——である。

あの時、船内で、いち早く目を覚ましたサザーランドは、未《ま》だ気を失っていたソフィアを前に、激しい怒りのもと、彼女を殺そうと爪《つめ》を振り上《あ》げた。

レベッカはそんなサザーランドを、屠《ほふ》り、両腕をもぎ取ってきたのだ。

「それから？　どうしたの？」

「処分、外部投棄」

両腕をもがれまだなお生きていたサザーランドは、船外の外に投げ捨てられた。

「ふ〜〜〜ん、まぁど〜でもいいや」

スヴェンが無事経験値を稼《かせ》ぎ、ソフィアの身命が無事ならば、それ以上ダイアンが気にすることはない。

「しっかし、ぶっさいくなデザインだねぇ〜……なにかの足しになるかと思ったけど、ダメだこりゃ役に立たないや。スヴェンにも……〝彼女〟にも使えないな」

ドレッドノートの執念も、サザーランドの命も、少年兵たちの悲しみも、グレーテン帝国の思惑《おもわく》も、ゲーニッツ中将の野心も、ダイアンにとっては、「どうでもいいこと」だった。

「もういいや。これ邪魔だから捨てといて」

事件は終わり、オーガンベルツに戻《もど》ったルートだったが、船上での戦いで負傷してしまったため、しばし休業を迫られる。

「ならばその間に、ちょいと店を増築いたしましょう」

機を見るに敏な看板娘《かんばんむすめ》のスヴェンの提案で、トッカーブロートは少しだけ大きくなる。

ルートたちの活躍《かつやく》は、事件の原因であるグレーテンの機械兵や少年兵のことが隠蔽された結果、一切《いっさい》表に出なかったが総督府《そうとくふ》の依頼《いらい》を受けたという実績は、本物である。

実態はどうであろうが、肩書だけで人を見る者たちは、書類の形で残っていれば、あっさりそれを受け入れる。

当初の希望額よりは少なく、二号店を出せるほどではないが、銀行から新たな融資《ゆうし》を取り付けることに成功した。

その融資を元手に、販売《はんばい》の他に、ちょっとした喫茶スペースを設けたのだ。

焼きたてのパンはもとより、軽食のサンドイッチや、ティータイムに最適なスイーツパンなどをその場で食べられて、さらに紅茶やコーヒーなどの飲み物も提供する。

「ドリンク系って、利ざやがいいんですのよ♪」

そうのたまうスヴェンのやり手っぷりに、ルートは感心するしかなかった。

こうして、彼の傷が癒《い》えた頃には、店舗《てんぽ》の増築が完了《かんりょう》する。

そして、それに加えてもう一つ、トッカーブロートは変化を迎《むか》える。

新装開店、当日――

「ちゃーっす」

カランコロンと、入り口のベルを鳴らしジェコブが店に入る。

「い、いら、いらしゃいませ……！」

真っ赤な顔で俯《うつむ》きながらミリィが出迎える。

「だぁーっ！　もう、違いますわ！　もっと大きな声で、朗らかな笑顔で、踊るように歌うように舞《ま》うように……いらっしゃいませですわ♪　……こう！」

そんな彼女に、激しいダメ出しをするスヴェン。

「え……？　なにこれ？　どしたの？」

その光景を前にして、ジェコブは呆《あき》れたようにぽかんとする。

ミリィはいつもの姿ではなく、スヴェンの着ているものをひと回り小さくし、かつ裾は短めの動きやすいデザインに改良してのエプロンドレスをまとっていた。

「あら、ジェコブさんでしたの。いえいえ、当店の新入りに教育を施していたのですわ」

あの事件の後、療養中のルートの元に、ミリィが訪《おとず》れる。

ただの見舞いではなかった。

思いつめたような顔で、決意を込めて、彼女は頭を下げた。

「アタシを、アンタのとこで働かせてくれ！」

ミリィは、ナザレンカの仕立て屋の住み込みの話は断った。

彼女には、なりたいものがあったからだ。

それが、パン屋だった。

「アタシも……パン屋になりたい……とーちゃんみたいに……そんで……あ、アンタみたいな……うまいパン、作れるようになりたい」

少女の申し出に、ルートはとにかく驚いた。

だが、少女の目が本気であること、引っ込み思案の気がある彼女が、その決意をするまでにどれだけ悩んだかを察すると、ルートはそれを受け入れた。

ただし、スヴェンはかなり不機嫌《ふきげん》になった。

「お、おい……アタシは、アイツにパン屋として弟子入りしたんだぞ……なんでウェイトレスやんなきゃならないんだよ！」

かくして、弟子入りという形で、ミリィはトッカーブロートに就職することになったのだが、彼女に与《あた》えられた仕事は、パン焼き作業ではなく、喫茶部門の接客であった。

「なぁーに言ってますのよ！　新人がパン焼きを任せられるわけありませんでしょう！

まずは、パンの種類や、それぞれの特性を徹底的に頭に叩き込むこと、さらには、どういった客層が何を求めているのかを体で覚えること！　そのためには店頭に出るのが最短なのです！」

抗議《こうぎ》するミリィに、ビシビシと正論を叩きつけ、反論を許さないスヴェン。

「さらに言えば、ルートと窯場で二人っきりにさせずにすむしね」

「そのとーり！　って、ジェコブさん⁉」

さらっと、ジェコブに本心を言い当てられてしまう。

「アタシ、こういうの……苦手なんだよ……」

愛想《あいそ》がいい方ではないミリィには、やや難易度の高い要求だった。

「せめて笑顔の一つもつくりなさいませ」

困ったように、スヴェンが一息吐いたところで、窯場からルートが現れる。

「シュトーレン焼きあがったよ……ああ、ミリィ。今日からだったんだね」

「ぴっ⁉」

ミリィが店用のエプロンドレスを渡《わた》されたのは、昨日のことだった。

自分にこんな服は似合わないと思っていただけに、彼女は恥《は》ずかしさのあまり縮こまる。

「うん……よく似合っている。かわいいよ」

優しげな声で、ルートは言った。

「ほ、ホント……？」

「ああ」

ルートは、お世辞を言えるような性分《しょうぶん》ではない。

そんな機転が利けば、店はもう少し前から繁盛《はんじょう》していただろう。

ドキドキと、ミリィの心臓が高鳴る。

緊張《きんちょう》だけではない。少しだけ勇気が湧いてくる。

「自信を持て。大丈夫《だいじょうぶ》、お前は可愛いぞ！　もっと堂々と、背筋を伸ばして真《ま》っ直《す》ぐ前を見ろ」——あの日、デフェアデッド号で出会ったソフィアの言葉を思い出す。

「あ、アタシ……がんばるから！」

背筋を伸ばし、真っ直ぐ前を見て、笑顔で、ミリィは言った。

「ぬっ………⁉」

思わず、スヴェンは後ずさった。

あの可愛げのなかった小娘《こむすめ》が、ちょっとだけ、魅力《みりょく》的な笑顔を見せるようになっていた。

「も～！　主さまってば！」

恋する女の子を、素敵な笑顔にする一番確実な方法……それは、大好きな人に、〝可愛い〟

と言ってもらうこと。

奇《く》しくもルートは、ミリィの眠《ねむ》っていた魅力を引き出してしまった。

「主さま！　わたくしも！」

「へ？　な、なんだいいきなり……？」

「ですから……その……か、かわいいって、言ってください！」

トッカーブロートの看板娘の座を奪《うば》われてたまるかと、スヴェンもまた最愛の人の前に立つ。

「あの、えっと……スヴェン……面と向かって言われると却《かえ》って言いづらいというか……」

「ルート……スヴェン……？」

そんな二人に、ジェコブが呆れたように声をかける。

「お客さん、もう来てる」

「「おおっと！」」

そろって声を上げる、ルートとスヴェン。

かくして、今日もトッカーブロートの慌ただしい一日が始まるのだった。

了

あとがき

お久しぶりでございます、SOWでございます。

このたびは、「戦うパン屋と機械《オートマタン》じかけの看板娘《ウェイトレス》」二巻をお読み下さり、まことにありがとうございます。

おかげさまで続きが出せました！

これもひとえに皆様のおかげです♪

一巻発売時に、一番不安だったのが、とにもかくにも、メインヒロインたるスヴェンのキャラクターを受け入れてもらえるかということでした。

作った本人が言うのもアレですが、なんとも、かんとも、アレな娘なので……

不安もひとしおでしたが、それだけに多くの皆様から「スヴェン可愛い」と反響《はんきょう》をいただけたことが、どれほど嬉《うれ》しかったことか……嬉しかったことか!!

初期案の一つには、もっと機械じみたクール少女もあったんですよ。

ちなみにその時のキャラクターは、もう一人の人間型猟兵機《りょうへいき》、レベッカの方にリボーンされています。

彼女の出番も増やしてやりたいですがねぇ。

三巻では、なんとか！　せめてイラストに出してやりたいです。

さて、今回メイン級に活躍したソフィア・フォン・ルンテシュタット。

彼女も一巻の段階では顔見世《かおみせ》レベルの出演に終わってしまったので、ちゃんと活躍させてやりたいという意味でも、二巻発売は嬉しかったです。

ソフィアがルガーP08ことパラベラムピストーレを持っているのは、私の趣味です！

まだ彼女はその役割の全てを終えたわけではないので、今後ともさらなる活躍をしてくれると思います。

さすがに変態マッドサイエンティストの相手をさせるだけでは可愛そうだなぁと……

さてさて、そんなこんなで、今回の謝辞を……

まずはイラスト担当のザザ様！

今回も素晴らしいお仕事、ありがとうございます。

常に想定する以上の仕事をこなしてくださり、感謝の念、絶えません。

担当O様、いつもいつもご面倒おかけして申し訳ありません。

刀削麺《とうしょうめん》、美味しかったです。

何度でも行きたいくらい美味しかったです(チラッ、チラッ)。

校正、デザイン、流通、販売に至る多くの皆様にも、心よりの感謝を。

おすすめコーナーに置いて下すった書店様もいくつもありまして……ありがたい！

そして、今回もお付き合い下さった皆様、ネットやツイッターなどで「おもしろかった
よ」と暖かな言葉をくださり、イラストを上げてくださったり、お手紙を下さった皆々様
……本当に、涙が出るくらい嬉しかったです。

一件一件、感謝の行脚《あんぎゃ》をしたいくらいの勢いです。

皆様より頂いた暖かな思いを、次巻にも活かしていきたいと思います。

最大級の感謝を、ありがとうございました！

それではまた、お会いできることを、心より願っております！

とりあえず、私は神戸屋《こうべや》に取材に行ってきます。

SOW

ファンレターのあて先　ご意見、ご感想をお寄せください

〒151－0053　東京都渋谷区代々木2－15－8
(株)ホビージャパン　HJ文庫編集部
SOW 先生／ザザ 先生

HJ文庫
593
http://www.hobbyjapan.co.jp/hjbunko/

戦うパン屋と機械じかけの看板娘《オートマタンウエイトレス》2

2015年8月1日　初版発行

著者――SOW

発行者―松下大介
発行所―株式会社ホビージャパン

〒151-0053
東京都渋谷区代々木2－15－8
電話　03(5304)7604（編集）
03(5304)9112（営業）

印刷所――大日本印刷株式会社

装丁――渡辺宏一

Printed in Japan

ISBN978-4-7986-1061-0　C0193